ベリーズ文庫

気高き御曹司は新妻を愛し尽くす
～悪いが、君は逃がさない～

【極上スパダリの執着溺愛シリーズ】

佐倉伊織

STARTS
スターツ出版株式会社

目次

気高き御曹司は新妻を愛し尽くす～悪いが、君は逃がさない～

【極上スパダリの執着溺愛シリーズ】

気高き御曹司は新妻を愛し尽くす
～悪いが、君は逃がさない～
【極上スパダリの執着溺愛シリーズ】

プロローグ

「紗弥(さや)」

私の名を甘い声でささやく彼は、私の心臓がどれだけ高鳴っているのか知っているのだろうか。

ベッドに押し倒した私をまっすぐに見つめるその目は、逃がさないとばかりに私を縛る。

恥ずかしくてたまらないのに、もっと近づきたいという矛盾した気持ちがせめぎ合い、とても冷静ではいられない。

「紗弥」

存在を確認するかのように何度も名を呼ぶ彼は、骨ばった大きな男の手で私の頬(ほお)を包み込んだ。

「好きだ」

ため息交じりのどこか官能的な告白は、私の体を火照(ほて)らせる。

「私も……好き」

胸の内を吐き出せるということが、これほど心地いいものだと知らなかった。

シャツを脱ぎ捨て筋肉質な体をさらす彼は、私に覆いかぶさり、右の耳元で口を開く。

「そんなに煽るな。歯止めが利かなくなるだろ」

「えっ？」

「優しくしたいのに、できなくなっても知らないからな」

「んあっ……」

挑発的な発言をする彼がいきなり耳朶を甘噛みするので、意図せず艶やかな声が出てしまった。

「なあ、どうしてこんなに赤いの？」

彼は少し意地悪だ。わかっているくせして問いかけてくる。

「そ、それは……。はっ……」

スカートの中に手を入れられて太ももを撫でられ、体がビクッと震える。

「それは？」

「……ふ、文哉さんのせい……んっ」

唇がふさがれたあと、熱い舌がそれをこじ開けて入ってくる。舌と舌が絡まり合い、淫(みだ)らな音を立てても、彼はお構いなしに口内を犯し続けた。

激しいキスからようやく解放されて息を大きく吸い込むと、どちらのものかわからない唾液で濡(ぬ)れた唇を、彼が指でそっとなぞる。色情を纏(まと)った彼の表情に、鼓動が勢いを増していく。

「俺をおかしくさせるのは、紗弥だけだ。逃がさないから覚悟して」

彼はそう言うと、私の首筋に舌を這(は)わせ始めた。

——そんな情熱的な彼との出会いは、私の運命を変えていく。

素敵な出会い

「今日も頑張るよ」

二月下旬の風冴ゆる朝。私、藤代紗弥は、更衣室のロッカーの小さな鏡に映った自分にかつを入れる。

身に纏うのは、大学を卒業後就職し、はや六年になる東郷百貨店の制服だ。

淡いピンクのシャツに赤いリボン。そして黒いベストとおそろいの黒いパンツ。下はひざ丈スカートかパンツかを選択できるけれど、今日は立ったり座ったりという動きが多くなる予定なので、パンツをチョイスした。

ここの制服はスタイリッシュでなかなか気に入っている。

靴は黒なら自由なので、動きやすい三センチヒールのパンプスを履いてきた。一日中立ち通しで足がむくんでしまうため、着圧ストッキングは必需品だ。胸のあたりまである、ほんのりブラウンのストレートの髪をひとつにまとめて、準備は整った。

今、私は主に催事を担当している。

ちょうど一年ほど前の二十七歳のときに、主任という肩書を初めてもらい、数多くいるパートや派遣社員のまとめ役を任された。

パートや派遣社員は私より経験豊富な人も多く、勉強させてもらっている。しかし、過去の習慣はよいことばかりではないため、お客さまのためにどういう接客をするのが最善かを考えて改革を進めている最中だ。

今までのやり方に慣れている人からの反発は珍しくなく、それを変えるのはなかなか骨が折れるものの、それが自分の仕事だと言い聞かせて頑張っているつもり。

催事は何カ所かに分かれているが、十一階にある一番大きな催事場は、いつもお客さまでいっぱいになる。

バレンタインまではチョコレート販売。その後はとあるアパレルメーカーのセールを行っていたが、今日から一変して学生服売り場になる。

私は今回、初めてこの学生服販売の責任者に命じられて、昨日まで下準備を進めてきた。

各小、中、高校の制服の見本をそろえてあり、採寸から発注までここで請け負う。学校に業者を招いて採寸するところも中にはあるが、学生服専門店やデパートが窓口になるケースも多く、すさまじい数のお客さまであふれる。

四年前から従業員のひとりとしてこの催事に携わっていて、雰囲気は知っている。

合否が出そろう三月は満員電車さながらの混雑ぶり。待ち時間が長くなるためお客さまはイライラしがちで、ときには罵声(ばせい)も飛び、修羅場と化す。

その光景を目の当たりにしてきたため少々気が重いけれど、任されたからには踏ん張るつもりだ。


「責任者の藤代と申します。本日よりよろしくお願いします」

朝礼で派遣社員やパートの前に立ち、挨拶をする。ベテランの人たちは私の話なんて聞いていないのが見て取れた。

売り場の設営は昨日までに済んでいて、採寸の研修ももちろんしてある。準備万端ではあるけれど、学生服販売を担当するのは初めての人も多く、改めてもう一度説明を始めた。

「靴やカバンなどは、色や形の指定だけの学校と、メーカーまで指定があるところなど様々です。お配りした一覧表を確認して間違いのないようにお願いします」

皆が手にしている書類は、今回のために私が制作したもの。それぞれの学校の規定を事細かく調べ、一覧にした。販売するのは制服だけでなく、ベルトや靴、体操服などもあり、かなりややこしい。

一枚ずつ確認を取るという骨の折れる作業だったけれど、今後も必ず役に立つと信じている。

私が話をしていると、背の高いスリーピース姿の男性が近寄ってきて右隣に立った。彼はなにも言わずに、私の言葉に合わせて何度もうなずいてくれる。すると、少々やる気がなさそうだった人たちも、真剣に耳を傾け始めた。

それにしても、誰だろう。

初めて見るうえ、社員は必ずつけているネームプレートが見当たらない。

売り場は営業本部が取り仕切っているけれど、本部の人でもないような。とはいえ、私の知らない異動があったのかもしれないと思い、話を続ける。

「それと、わからない場合は自己判断厳禁です。お直しした制服は返品できませんので、必ずわかる人に聞いて正しいお答えを心がけてください」

「はい」

話し始めたときはまとまりがない感じだったのに、男性が来てから緊張が張り詰めた。やはり私は舐められているのだろうなと思う一方で、もっと頑張らなければと気持ちを引き締める。

「それでは、準備に取りかかってください。どうぞよろしくお願いします」

私が頭を下げると、従業員たちはそれぞれ担当する場所に散っていった。

「忙しくなりそうですね。私も時々覗きに来るようにします」

アーモンド形の大きな目を細めながら優しい笑みを浮かべる隣の男性が、少し癖のある長めの前髪を軽く払いながら言う。

「申し遅れました。催事担当の藤代紗弥と申します。あの……」

「存じていますよ。私は来栖文哉と申します。すみません、うっかり名刺をデスクに置いてきてしまいまして。営業本部で働くことになりましたが正式配属はまだですので、ご挨拶は改めて。忙しいですよね。失礼しますね」

来栖さんは軽く会釈をして離れていった。

この人、私のことを詳しく知っているのかも……と思ったのは、なんとなく右耳に向けて話しているような気がしたからだ。

私の左耳は一側性難聴を患っていて、聴力がほとんどない。

まだワクチン接種できない一歳前におたふくかぜにかかったのが原因のようだが、右耳は聞こえていたため発見が遅れ、判明したのは就学時健診のとき。それまで両親や幼稚園の先生たちは、時々私が反応しないのを不思議に感じていたようだったけれど、幼かったがゆえ単に聞いていないだけだと思われていた。

残念ながら聴力が回復することはなく、それから少々不自由な生活を強いられてきた。

片耳が聞こえていれば問題ないと思う人がほとんどなのだが、実はいろいろな不都合がある。

まず、聞こえない左側から話しかけられると気づけないのが一番大きい。そのため意図せず無視してしまい、小学生の頃はそれが原因で友達がなかなかできなかった。

ほかには、ざわざわした場所では特定の人の声を聞き取りにくく、すさまじい集中力を発揮しなければ会話できない。

そもそも人間は、耳がふたつあることで音がどこから聞こえてくるのかを判別している。これを音源定位といい、両耳の間に生じる時間差や音の強弱などの情報からそれを判断している。

ところが私は片方の耳の情報しかなくその分析ができないため、どこで音が発生しているのかわからないという困難も抱えているのだ。

補聴器をつけているわけでもないので、聴力に難があるようには見えない。そのため、左耳が聞こえないと告白しても聞き流されてしまったり、『右耳が聞こえるんだから問題ないでしょ』と突き放されたりすることのほうが圧倒的に多いのが現実だ。

「頑張ろ」

小声で気合いを入れる。

催事は開店と同時にお客さまがなだれ込み、私が苦手なざわざわした現場となる。しかし、これまでもいろいろな対策をして乗り越えてきた。今日もきっと大丈夫なはず。

私は深呼吸をして気持ちを整えてから、準備に入った。


開店の十時になると、エレベーターやエスカレーターからどんどんお客さまがやってくる。十一階には催事以外にも売り場があるのだけれど、お客さまのほとんどがこの学生服売り場目当てだ。

土曜日なのもあり、すでに推薦入試で合格が決まっている生徒や、三日ほど前に発表があったばかりの中高一貫校に合格した生徒たちが、主に母親と一緒に訪れる。

人手が足りないため、責任者の私も採寸や受付など、なんでもこなさなければならない。

「合格おめでとうございます」

早速受付で対応開始だ。

お客さまの声を聞き漏らさないように、受付カウンターを挟んで少し体を斜めにして右耳をお客さまのほうに向け、全神経を研ぎ澄ませた。

「カバンは二種類ございますが、希望されるタイプだけで問題ありません。一年生はリュックが多いようです。靴下は指定のものもありますが、黒であればよいとのことですので、すでにお持ちであればそちらをお使いいただいても大丈夫かと」

新たに買ってもらったほうがありがたいけれど、正直に伝える。というのも、制服を買い替えたり買い増したりする際に、また東郷百貨店を選んでもらいたいからだ。ごり押ししては、売りつけられたというイメージが定着してしまい、次につながらないと知っていた。

最初の受付業務はスムーズに進んでいるように見えた。しかし、しばらくすると右肩をトンと叩かれて顔を向ける。そこには、いつ来たのか来栖さんの姿があった。

「採寸のところで困っていて呼んでいる。ここは俺が代わるから、お願いできる？」

「はい。気がつかなくてすみません」

きっと呼ばれていたのに、目の前のお客さまに集中するあまり聞こえなかったのだ。全体を取り仕切るのが責任者の役割なのに、いきなり失敗してしまった。

「問題ない。どこまでお聞きした？」

「指定の制服についての説明はいたしました。カバンと靴下をどうされるか決めていただいたあと、採寸へのご案内をお願いします」

「了解。採寸は頼んだよ」

来栖さんは優しく微笑み、お客さまに話しかける。

「お待たせして申し訳ございません。藤代は採寸のエキスパートでして、困ったときの頼みの綱なんです。受付は私、来栖が交代させていただきます」

来栖さんがそんなふうに言うので驚いた。たしかに採寸業務には慣れているものの、エキスパートなんかでは決してない。おそらく、お客さまを不快にさせないためにとっさに嘘をついたのだろう。なんと機転が利く人なのか。

私は会釈をしてから、採寸のブースに向かった。

「さっきから呼んでたのに」

「ごめんなさい、聞こえなくて」

四十代後半のパートの辻口さんは、学生服売り場は初めてらしい。採寸の研修は済ませていて問題なくできるはずなのだが、なにかトラブルがあったのか顔が引きつっている。

「どうされましたか?」

「ふたつ上のサイズのブレザーが欲しいのに、この方は大きすぎてみっともないって言うの。この子の兄は高校に入ってから急成長して、すぐに買い替えることになってしまったのに」

「申し訳ございません。私のほうで再度確認させていただきます」

母親が鼻息を荒くするので、担当を交代した。

「もう一度、羽織っていただけますでしょうか」

置いてあった大きめのブレザーを息子さんに羽織ってもらうと、たしかに大きすぎて不恰好(ぶかっこう)だ。特に彼は線が細く、完全に制服に着られている感じになってしまっている。

高校生の息子を持つ辻口さんは、自身の経験からの親心のようなアドバイスだったのだろう。ただ、成長期は人それぞれで、兄が高校からぐんと背が伸びたのであれば、弟もそうなる可能性もある。

「こちら……」

私は用意していた資料をめくり、とあることを確認した。

「ほかに細身のタイプのご用意があります。成長を見越してふたつサイズアップされ、細身タイプを選ばれてはいかがでしょう。袖が長すぎるとは思いますが短くお直し可能ですし、成長されましたらお出しすることもできます」

入学式は、誰も彼もが大きすぎる制服を纏っているものだ。幅さえなんとかすれば、さほどみっともなくないと考えての提案だった。

「そうね、そうします。最初からあなたが担当してくだされぱいいのに。係の人に当たり外れがありすぎじゃない？」

まだ近くに辻口さんがいるため、ひやひやする。

私は全部の学校ではないものの、体型によって二種類のサイズが用意されているのを経験上知っていただけ。もちろん、書類に記してあるのだから確認すればわかったはずだ。しかし、そうした存在があると知らなければ見もしないのが普通かもしれない。

「不手際をお詫びいたします」

押し問答をした母親は、イライラしている。ここで辻口さんをかばうのは得策ではないと、素直に謝罪した。

頭を下げると、隣に来栖さんがやってきて口を開いた。

「従業員がご迷惑をおかけしましたようで、申し訳ございません。ただ、ご覧のように大変混雑しておりまして、必死に対応しております。どうかお許しいただけますと幸いです」

彼はそう言ったあと、私と同じように頭を下げた。

そうか。そういう言い方をすれば、辻口さんを一方的に悪者にしないで済んだのか。

お客さまをこれ以上怒らせてはならないという気持ちだけで突っ走ってしまった。

この場を取り仕切る者としての対応としては不合格だ。

「そうね。あなたたちも大変よね。きちんと対応してくださったからもういいわ。細身のタイプを試着させてもらえます?」

「かしこまりました。すぐにお持ちしますので、少々お待ちください」

なんとか怒りを収めてくれた母親にそう伝えて、ジャケットの見本を取りに走った。

すべての対応が済んだあと来栖さんにお礼を言おうとしたのに、彼はすでに次の接客に入っている。辻口さんは受付で別のお客さまの対応を始めていた。

機嫌を損ねていなければいいのだけれど……。

人をまとめるのは難しい。いきなり失敗してへこみもするが、先ほどより順番待ちの列が長くなっていて、落ち込んでいる暇はなさそうだ。

私は辻口さんの隣に行き、次のお客さまに声をかけた。

お客さまと話すときは、わざと少しずれて立ち、右耳で音を拾えるようにする。今回も正面には立たず、体をずらしてから話し始めた。

「こちら、白のスニーカーでいいのは、中高一貫コースの中学生だけなんです。高校からのご入学ですと、黒のローファーが必要になります」

母親に学校指定の靴について説明していると、なぜか隣の辻口さんが私との距離を詰めてきたので、体がぶつかって少しふらついた。受付には何人もの従業員が立つため、そうしたこともあるだろうと思いつつ、改めて立ち位置を確保したのに、もう一度。そして完全に立ちたい場所を取られてしまった。

もしかして、わざと？

左耳が聞こえないことは、研修のときにカミングアウトしてある。上司にあたる営業本部の真山部長は、『わざわざ明かさなくてもいいよ』と言ってくれたのだけれど、迷惑をかけるケースがあるかもしれないと思い、話したのだ。

真山部長は、ライバルデパートが軒並み業績を落とす中、東郷百貨店の確固たる地位を築いた立役者とも言われる有能な人だ。四十歳くらいだと聞いているけれど、鍛えているのかスタイルもいいし、もっと若く見える。

彼には就職したばかりの頃に難聴について説明したのだが、嫌な顔をするどころか、どうしたら働きやすくなるかを一緒に考えてくれた優しい上司だ。

真山部長と接しているうちに、苦手なことはあらかじめ伝えておいたほうが円滑に物事を進められると思うようになった私は、お客さまと会話するときの立ち位置についても触れてある。だから、辻口さんも私がずれて立つことは承知しているはず。母と娘がなにやら会話を交わしている。聞き漏らさないようにと懸命に右耳を向けたものの、さらに押されて聞き逃してしまった。聞き直さなければと口を開きかけたそのとき、来栖さんが隣に来て右耳のそばで話しだす。

「ローファーはメーカー指定がありますか?とのことだ」

助けてくれたのだ。

私はすぐさま対応を始める。

「この売り場には学校が推奨されているメーカーの靴のご用意がございますが、黒でしたらほかのメーカーのものでも認められています。すでにお持ちであればそれでも構いませんし、靴売り場にはもっと多くの種類をそろえておりますので、そちらで足の形に合うものをお選びになってもよろしいかと」

「そうねぇ。あとで靴売り場に行くわ。とりあえず、制服だけ採寸していただけますか?」

「承知しました。こちらにどうぞ」

お客さまを促したときには、もう来栖さんの姿はなかった。

彼には助けられてばかり。やはり左耳が聞こえないことを知っているようだ。

そのお客さま対応のあと再び受付に戻ったけれど、来栖さんも辻口さんも姿が見えない。

気になったものの、一旦接客を離れてバックヤードの会計係のところに向かった。

ここでは預かった現金やクレジットカードの会計処理をひたすら行っていて、多くのお金が動くため正社員が担当している。

「お疲れさまです。問題ありませんか？」

「藤代さん！　意外と現金払いが多くて、百円玉が足りなくなりそうなの」

私よりひとつ年上で、普段は別の売り場の会計を担当している女性が声をあげる。

「それじゃあ、すぐに用意します」

経理部に行けば用意してくれるはずだ。

「あっ、それが本部の来栖さんがいらして、もう走ってくださったの。あんな人、いたっけ？」

「異動で来られたそうです。まだ配属前みたいなんですけど、手伝ってくださって」

朝、顔を出しただけかと思いきや、余裕がない私をフォローしてくれている。

「そっか。お金のことだから大丈夫かなと思ったんだけど、経理に知り合いがいるから問題ないとおっしゃって——」

「間に合いましたか?」

噂(うわさ)をすればなんとやら。そこに飛び込んできたのは、来栖さんだ。彼は百円玉が五十枚束になった棒金を三本と十円玉の棒金を二本、差し出した。

「ありがとうございます。助かります」

慌ただしく会計作業が再開されたため、私は来栖さんと一緒にその場を離れた。

「特例でもらってきたので、あとで申請用紙を書いて経理に持っていってくれますか? 本来なら、責任者が申請しないと通らないので」

見本の靴やベルトなどが積まれたバックヤードで、来栖さんが申し訳なさそうに言う。

「そうですよね。すみません。いたらないことばかりで、本当にごめんなさい」

今朝はうまく回してみせると意気込みいっぱいだったのに、足りないことだらけだ。

「売り場の中で、催事が一番大変なんです。扱うものはその時々で変わるし、こうしてお客さまが押し寄せる。その売り場を任されたんですから、自信を持ってください。

困ったときは助け合えばいいんです」

「はい」

来栖さんは励ましてくれるが、胸が痛くてたまらない。

先ほどの辻口さんは、その前の私の対応に立腹して意地悪をしたのだろう。お客さまに迷惑をかけるのは許せないけれど、私の両耳が聞こえていれば問題なかったのではないかとも思えてしまう。

というのも、幼い頃から何度も『耳が聞こえないあなたが悪い』と責められ続けてきたからだ。たとえ私に非がなくとも、それで済まされてしまうことも多々あった。最初は私のせいではないと言い返していたけれど、両親の離婚をきっかけに黙って耐えるようになったのだ。

「君のせいじゃない」

来栖さんはそう言いながら、無意識に左耳に触れていた私の手をそっと握る。

「私の耳について、ご存じなんですね？」

「はい、聞いています。藤代さんがそれを克服するためにいろんな工夫や努力をしていることも、真面目な働きぶりも」

付け足された言葉に、目を見開く。

私としては必死に働いてきたつもりだ。でも、耳が聞こえないことで迷惑をかけたこともあったはず。それなのに、そんなふうに言ってもらえるなんて。

「真山部長は、今年のこの催事は藤代さんに任せると去年から決めていたそうですよ。これまでの藤代さんの活躍が認められたんです」

「本当ですか?」

まったく知らなかった。

「はい。だから堂々としていればいい。藤代さんだけでなく、全従業員が働きやすい場を作るのが本部の役割です。反省すべきは我々ですね。このお客さまの数に対して配置されている人数が少なすぎる。明日以降はどうにかできるように掛け合ってきます。とりあえずここに暇人がいますから、指示をお願いしますね。それでは、少し本部に行ってきます」

優しく微笑む彼は、励ますように私の右肩をトントンと軽く叩いて慌ただしく去っていった。

遠ざかっていく来栖さんの大きな背中を見て考える。

「暇人って……」

来栖さんのこと?

明日も手伝うつもりだろうか。

彼はすごい人だ。目の前の仕事にあたふたして全体を見渡せていない私とは違い、お客さまだけでなく従業員の一人ひとりにまで目を配って、必要とあらば自分が率先して動く。

指示を出す側の人間というのはこうでなければというお手本を示された気分だ。

しかも、彼が近くにいるだけでピリッと雰囲気が引き締まる。彼からにじみ出るオーラのようなものがそうさせているのか、私とはあきらかに違う。

従業員仲間に片耳難聴を打ち明けてから、〝下〟に見られているのは感じている。そうした感覚はこれまでにも何度もあったけれど、努力して別の付加価値で聴力をカバーすればいいと思って走ってきた。

今回、下準備を念入りにしたのもそのためで、私が周囲からの質問を聞き漏らしたとしても、整えた書類を見れば誰でもわかるようにしたつもりだった。ところが、先ほどの採寸のときのように見てもらえなければ意味がない。

「聞いたほうが早いもんね……」

ぼそりとつぶやく。

五十音順に並べておいたとはいえ、すさまじい数の中から該当する学校を探し、書いてあるかどうかわからない情報を調べるより、詳しい人に聞くほうが手っ取り早い。

改めて会話でのコミュニケーションの重大さを思い知る。

でも、いたるところであの資料をめくっている姿も見られる。役に立っているときもあるはずだ。

くよくよしている暇なんてない。真山部長が信じて任せてくれたのなら、踏ん張らなくては。

「よし」

私は気持ちを立て直して、再び催事に戻った。

その日は、閉店の二十時まで駆け抜けた。本来なら私は十八時までの勤務だったのだが客足が衰えず、とても帰れなかったのだ。

「お疲れさまでした。明日もよろしくお願いします」

閉店後、片づけを済ませて帰っていく従業員たちに会釈して見送る。ひとりになると気が抜けて、近くにあったパイプイスに座り込んだ。

まだ初日。しかも合格発表がピークを迎え、お客さまが増えるのはこれからだ。こんなことでやっていけるのだろうか。いや、引き受けたからにはやり遂げなければ。

そういえば、あれから辻口さんの姿を見かけなかった。

対応のまずさを謝罪できていないため、とても気になる。

「やっぱりいた」

声をかけてきたのは、優しく微笑む来栖さんだ。

私は慌てて立ち上がり、頭を下げた。

「今日は助けていただき、ありがとうございました」

「そんなのいいから。俺はちょっと手伝っただけだよ。藤代さんはここでは俺のボスなんだから、お礼なんていらない」

「やめてください、ボスだなんて」

その言葉に見合った仕事ができていれば胸を張ってうなずけるけれど、とてもそんな状況ではない。

「ささやかだけど、打ち上げ。さすがに職場で酒盛りはできないから」

近づいてきた彼は私を再びイスに座らせ、受付の長テーブルに甘い缶コーヒーを置く。

「ありがとうございます」

彼の気遣いがうれしくて泣きそうになるのは、それだけメンタルが弱っている証拠だろう。反省すべきことだらけなのだ。

「静かだと聞こえやすいんだね」

「あっ、そうですね」

私の右側に座った彼は、「こっちがいい？」とブラックコーヒーを掲げる。

「いえ、疲れたので甘いものをいただきたい気分です」

「うん」

彼は私のコーヒーまでプルタブを開けてくれる。それを私に持たせたあと、自分のコーヒーも開けて喉に送った。

「ごめんね。あのあとも来るつもりだったんだけど、得意先に挨拶に連れていかれて、さっき戻ってきたんだ」

「とんでもない。来栖さんはご自分の仕事がお忙しいでしょうし」

「いや。そもそも正式に配属になる明後日までは、現場をうろちょろして仕事を把握するつもりだったんだ。あっ、でも人員は回してもらえるようにしたから。婦人服売り場から採寸できる人を三人と、会計にひとり」

「助かります」

採寸のプロが来てくれるなんて、すごく助かる。

「うん。あとは派遣会社にも当たってもらうから、三月にはもう少し増やせるはず。真山部長が、現場の把握が足りなかったことを藤代さんに謝りたいって」

「いえ、そんな……」

去年の人員配置を参考に今年も決めているはずだ。ただ、去年も足りていたとは言い難く、それゆえ待たされて怒るお客さんも多数いた。

「これから来栖さんも現場を取り仕切られるんですね」

そんな言葉を口にしたものの、なにかが引っかかる。来栖という名をどこかで耳にしたことがあるのだけれど、思い出せないのだ。

「そうなるね。藤代さんの期待を裏切らないように頑張るよ」

「来栖さんなら絶対に大丈夫です」

「ありがと」

思ったままそう口にしたけれど、少し上から目線だったかもしれない。

しまったと思いつつ彼を見ると、再びコーヒーを口にする彼の喉仏が上下に動いているのに気づいて、なんとなく照れくさかった。

「あ！」

そのとき、とあることに気づいた。

「来栖さんって……。もしかして、会長の息子さんですか？」

「どうした？」

来栖という名に聞き覚えがあるのは、そのせいかもしれない。

来栖家は江戸時代に立ち上げた呉服屋から続く創業家一族だ。来栖会長は、私が入社する少し前に定年を待たずして社長職から退き、会長に就任したという優秀な人。たしか現在六十二、三歳のはず。娘と息子がひとりずついると聞いたが、年齢的にも三十代前半に見える来栖さんがぴったり当てはまる。

会長が社長職を早めに退いたのは、斜陽産業と言われるこの業界で、若い人たちの声をよく聞き新しい風を入れなければ生き残れないという判断だったとか。

社長を退く際に会長がスカウトしてきた現社長は、社長就任時はまだ四十八歳で、同業他社の社長よりうんと若かったそうだ。ただ、息子を次の社長に据えるまでのつなぎだとも噂されている。

「もう気づかれたか」

ということは、やはり御曹司なんだ。そんな人に販売を手伝わせてしまったと顔が青ざめた。

「申し訳ありません。売り場を手伝っていただくなんて、失礼なことを……」

立ち上がって頭を下げると、彼も慌てた様子で立ち、私の肩に手を置いて顔を上げさせた。

「謝ることなんてなにもないよ。たしかに父は会長だけど、そんなの俺個人とは関係ない。俺はただの営業本部の人」

そうはいっても、きっといつか社長になる人だ。

「ですが！」

「そういう特別扱いが嫌で、しばらく修業に出てたんだよね」

「す、すみません」

修業とはなんのことなのかわからないけれど、気分を害してしまったようだ。会長の息子という肩書は重く、そして不自由なのかもしれない。

「あはは。謝らなくても」

怒ったと思った来栖さんの表情が柔らかくてほっとした。

「そうだ。名刺交換しないとね。改めて。営業本部の来栖文哉です」

彼は背広の内ポケットから名刺を取り出して、きちんと両手で私に差し出す。私も慌ててポケットから名刺を出した。

「藤代紗弥です。あれっ、部長……？」

受け取った彼の名刺を見ると、営業本部部長という文字が記されていた。

「うん。明日には発表になるけど、真山さんのあとを引き継ぐ。真山さんは外商部の部長にスライド。外商は百貨店業の売り上げの要だから、優秀な人がやらないとね」

真山さんが営業本部の部長になってから、売り場改革が進み、それに伴うように売り上げも急上昇した。優秀なのは誰もが認めるところだ。

百貨店は、上お得意さまの購買が売り上げのかなりの割合を占める。外商はその部分を担っているため会社の顔のような部署で、真山さんが任せられたのもうなずける。

外商と並んで重要なのが、売り場すべてを取り仕切る営業本部だ。その部長をこの若さで任せられるということは、御曹司であることを差し引いても相当優秀だという証拠だろう。この二部門が傾けば、東郷百貨店の未来はない。

「真山さんのあとはプレッシャーしかないんだけど、頑張るつもりだ。どうか助けてください」

「助けるだなんて、とんでもないです」

足を引っ張らないようにしなければ。

「いや、今日顔を出した売り場の中でも、藤代さんは注目株だ。期待してる」

「やめてください。失敗ばかりなのに……」

私は無意識に左耳に手を持っていった。

この耳が聞こえれば、もっとうまく回せるのだろうか。

片耳難聴であると打ち明けるたび、いたわってくれる人とバカにしてくる人が必ず現れる。理解してもらえない人にどれだけ説明しても平行線だと知っているので、気にしないようにしてきた。けれど、今日のように業務に支障が出るのは困る。

いや、耳の問題ではなく、そもそも資質がないのかもしれない。

そんなことを考えていると、来栖さんが左耳に触れている私の手を握った。

「藤代さんに困難があるのは知っています。それを補う努力を重ねているのも。だからこそ、君に期待してるんだ。俺が必ずサポートする。自信を持って進んでほしい」

「はい」

来栖さんが優しく微笑むので、胸が温かくなる。

「とりあえず、座って飲もうか」

「そうですね」

私たちはイスに座り直して、コーヒーを飲み始めた。

ひと口喉に送ったあと、大きな手で缶を握りしめる来栖さんは、再び口を開く。

「今日のようなことは、よくあるのですか？」

「えっと……」

失敗しすぎて、『今日のようなこと』がなにを指すのかわからない。

「ああ、すみません。受付での辻口さんの態度のことです」

意地悪をされたことを指しているようだ。

正直、特定の人からはしょっちゅうだけれど、難聴を抱えていてほかの人に負担をかけているのは事実。それなのに、告げ口のようなことをするのは、はばかられる。

「いえ……」

「そう」

「辻口さん、あれから姿が見えなくて」

彼女がどうしたのか気になる。

「彼女は俺が帰らせた」

「帰らせた？」

「人手不足なのに、許可も得ずにごめん。ただ、反省すべきことがありますよねと話しかけたら不貞腐(ふてくさ)れてしまって、その後もずっと仏頂面だったんだ。そんな態度ではお客さまに対しても失礼だから、今日のところは帰って、また明日気持ちを整えて出社してくださいと」

私の知らないところで釘を刺してくれていたとは。

「すみません、私のせいです。私がうまく立ち回れなかったから」

来栖さんのように、お客さまも辻口さんも傷つけないように対処できなかったのが悪い。

「藤代さんのせいではありません。お客さまの意向に耳を傾けず、自分の意見を押しつけた辻口さんの失態だ。困ったのであれば、誰かに相談すべきだった。だけど、長くここに勤めている彼女には、経験の浅い人には相談したくないという妙なプライドがあるようで」

それは彼女に限らずある。これまでうまく回ってきたのだからと、新しいやり方を頑なに受け入れない人もいるし、私のような若造に指示されるのが気に食わない人も。

とはいえ、責任者を引き受けたのだから、それを含めてうまく回せるようにしなければ。

「でも、今回の催事に関しての知識は、圧倒的に藤代さんのほうが持っている。あの資料、見たよ。あれをひとりで作ったとは、びっくりだ」

「恐縮です」

責任者に指名されてから寝る間も惜しんで作ったので、褒められるのは素直にうれしい。

「大変だと思うけど、期待してる。困ったことがあったらいつでも力になるから」

「ありがとうございます」

なんと力強い言葉なのだろう。助けてもらえると思うだけで、踏ん張れそうだ。

「さて、また明日もある。そろそろ帰ろうか」

「はい」

慌ててコーヒーを飲み干して立ち上がると、彼は私の手から空き缶を奪った。

「食事にでも誘いたいところだけど、そんな気になれないだろ」

誘ってくれるのに驚いたけれど、その通り。明日からどうするかで頭の中がいっぱいで、食事に行っても楽しめそうにない。

「すみません」

「うん。それじゃあ、この催事が終わったら打ち上げしような」

「はい」

笑顔で返事をすると、彼はうれしそうにうなずいた。

翌日の朝礼には、また来栖さんが来てくれた。

「このたび営業本部部長を務めることになりました、来栖です。昨日この売り場を拝見しまして、皆さんのきびきびした働きに感動しました。藤代さんは、自信を持って現場を任せられる人材です。彼女をどんどん頼って、一丸となって頑張りましょう」

来栖さんが部長就任の挨拶で私のことに触れるので、目を瞠る。きっと彼は、若いからとか、片耳が不自由だからという理由でバカにされる私を守ってくれたのだ。

私も堂々と役割をまっとうしようと、続いて口を開く。

「昨日は初日ということで、うまくいかなかった部分もありました。本日は学生服販売の経験が三年以上の方をリーダーに、五つのチームを作りました。困ったことがあれば、その方に必ず相談して仕事を進めてください」

いろいろ考えて、頼るべき人を明確に示したほうがよいと判断し、チームを作った。

私が新しい提案をすると、来栖さんは微笑みながらうなずいてくれる。彼から合格をもらえた気がして、うれしかった。

朝礼の間、最後列に辻口さんの姿もあった。彼女はずっと下を向いたままで、聞いているかどうかもわからない。

それぞれ持ち場についたあと、辻口さんのところに向かう。

「昨日は申し訳ありませんでした。ですが、決して辻口さんを責めたわけではありません。私がたまたま知っていただけのこと。今日はチームを作りましたので、困ったらどんどん質問――」

「困ってなんかないわよ」

彼女は私をにらみつけて怒りを表す。

巻き添えになりたくないのか、周囲にいた人たちが離れていった。

「あのときは、希望する物を購入できないお客さまが困られていました。無理難題を聞く必要はありませんしアドバイスをするのも大切ですが、こちらの意見を一方的に押しつけるのは間違っています」

嫌われようとも、責任者として言っておかなければならない。お客さまにとっては、その担当者の態度が東郷百貨店の印象になるのだから。

引かずに言い返したからか、彼女はあきれたような顔をして立ち去ろうとした。

「聞こえないくせに」

私の左側を通過するとき、彼女は間違いなく小声でそう言った。聞こえなくても、口の動きである程度は読み取れるのだ。

言い返したかったけれど、できなかった。聞こえないのは事実だし、配慮を願い出ているのもそう。左耳をカバーすべく工夫しているつもりでも、一緒に仕事をしづらいと言われれば甘んじて受け入れるしかない。

けれど、悔しくて拳を握りしめた。

「聞こえないことで、どんな支障がありましたか？」

どこからか声が聞こえてきて振り返ると、来栖さんが辻口さんの前に立ちふさがっている。

「えっ、あの……」

「辻口さんにも藤代さんにも働きやすい環境を提供できるように対策を練りますから、教えていただけますか？」

来栖さんは紳士的に尋ねてはいるけれど、視線が鋭い。

「……お、お客さまの話を聞き漏らすと困りますよね」

「それはあなたが藤代さんの邪魔をするからです。藤代さんがここで働き始めてから、お客さまからの苦情は皆無だそうですよ。彼女は日々の努力を怠らないのでしょう。ただ、誰かに意図的に邪魔をされては、その努力も水の泡ですね」

来栖さんの口調はきつくないものの、発言の裏に怒りが見え隠れしている。

「そんなの甘えよ！」

辻口さんの言葉に、さすがに顔が引きつる。

一方的に悪意をぶつけられたのに、甘えだと言うの？

「甘えているのはあなただ。自分のミスを、藤代さんに責任転嫁しているだけ」

怒りを纏う声を出す来栖さんは、辻口さんをにらみつける。

「なによ。こんな職場で働いていられません。辞めます」

「そうですか。それでは退職の手続きを進めます」

辻口さんの売り言葉に、来栖さんは淡々と対応する。私は驚きすぎてしばらく声も出なかったが、ハッと我に返って口を開いた。

「来栖さん、退職は……」

行きすぎではないだろうかと思ったけれど、そもそも辞めると言いだしたのは辻口さんではある。

「彼女の希望ですから」

来栖さんは涼しい顔であっさり返すものの、おそらく引き止められると思っていた辻口さんは真っ青な顔をしていた。

「辻口さん。先ほど私は藤代さんへの苦情がないと申しましたが、あなたへの苦情は数えきれないほどあるそうです。真山部長から態度を改めるように何度も指導が入ったのでは？」

そうだったのか。彼女とは数回仕事をともにしたことがあるものの、そのときは責任者という立場ではなかったし直接かかわったこともなく、知らなかった。

図星を指されたのか、辻口さんは黙り込む。

「藤代さん、あとは私が。売り場の対処をお願いします」

「はい。失礼します」

私はうしろ髪を引かれながらも、仕事に戻った。


今日も開店と同時に大混雑となった。

「お待たせしました。藤代が承ります」

私は昨日より店頭に立つ機会を減らし、全体をフォローする時間を作った。しかし相変わらず人手が足りず、接客にも入らなければならない。

けれど、あたふたしていただけの昨日より心に余裕があった。人員を増やしてもらったことに加え、私が作ったグループがうまく機能しているのだ。

私は右耳で話を聞き取りやすい位置に立ち、説明を始めた。

「合格おめでとうございます。こちらの高校は、制服のバリエーションが豊富でして、カーディガンやベストが何種類もございます。すべて購入される必要はないので、お好きなものをお選びください。もちろん追加で必要になれば、いつでもお取り寄せいたします」

　私立は特に、制服のバリエーションを売りにしているところも多く、選択肢が多い。それだけに売る側が大変なのだが、合格をもぎ取った生徒たちが楽しく学校に通えるのが一番だ。

　私は学校が必ずしも楽しい場所ではなかったから、余計にそう思う。

「えー、迷う」

「登下校が寒いから、長袖のカーディガンは買っておいたら？」

　お母さまと娘さんがあれこれ話し始めた頃、そのうしろに来栖さんの姿が見えた。辻口さんがどうなったのか気になったけれど、彼が笑顔でうなずくので、なんとなく落ち着いた。

　その日は十八時までの勤務だったが、一時間残って十九時過ぎに催事場を離れた。閉店は二十時のためまだお客さまがいて気になるけれど、三月末までこれが続く。体を休めなければ乗り切れない。

帰宅する前に、営業本部に足を向ける。来栖さんの姿は時々見かけたものの、忙しくて話す時間がなく、辻口さんの件が気になっていたのだ。

「失礼します」

本部に顔を出したが、来栖さんはいなかった。

「催事の藤代と申します。来栖部長は……」

近くにいた女性社員に尋ねると、「あっ！」と反応されて首を傾げる。

「部長はテナント店の本社に挨拶に行かれていまして、藤代さんが来られたらこれを渡すようにと」

「ありがとうございます」

私は差し出された茶封筒を受け取り、本部を出た。早速中を確かめると、手紙が入っている。真っ白な便箋には、形の整った美しい字が躍っていた。


【お疲れさま。

辻口さんの件が気になっていると思って手紙を残しました。

結論から言うと、退職が決定しました。

詳しく話したいのですが連絡先を知らなくて、ここに電話をくれませんか？

二十時過ぎなら出られると思います】

なんと丁寧な人なのだろう。たしかに気になってはいるが、『忙しいから明日』と言われても文句はないのに。

「電話……」

それならば早く帰宅しなければ。聞こえる右耳に受話器を当てるとほかの音が聞こえなくなるため、外で電話をするのは危険なのだ。

ここから家まで、電車で三十分。さらに駅から徒歩十分。本当はもう少し職場の近くに住みたいけれど、防音のしっかりしているマンションを探したらそこになった。

片耳が不自由だからこそ、静かなところがいいのだ。雑音の中から大切な音を強調して聞き出すという、人間に本来備わっている機能がうまく働かないため、常に音が飛び込んでくる状況は疲れる。

慌てて駅へと駆け込み、電車へと急ぐ。走れば停車中の電車に乗れそうだったけれど、できなかった。様々な音が飛び交う駅では、アナウンスや発車ベルを聞き漏らすのが怖い。

次の電車は十分後には来るものの、すでに十九時四十分。二十時までに帰宅するのは到底無理だ。

二十時過ぎなら電話に出られると書いてあったので、二十時ぴったりでなくても問題ないだろう。けれど、なにかにつけて揚げ足を取られ罵（のの）しられる経験が多いからか、指定された時間でなくてはと焦ってしまう。

どうしようかと考えた私は、【藤代です。お電話、二十時半頃になってしまいます。申し訳ありません】とショートメッセージを送った。

次の電車がホームに滑り込んできたとき、メッセージが届いた。来栖さんからだ。

私は電車に乗り込んでから、それを読み始めた。

【焦らせてごめん。俺は遅くなっても大丈夫。帰宅途中だよね。気をつけて帰って】

よかった。怒ってない。

彼がこんなことで怒るような器の小さい人には見えないけれど、今までの経験が私を臆病（おくびょう）にする。

完璧でなければ非難される。

そう刷り込まれているのだ。

電車を降りたあと、できるだけ早足で自宅に駆け込んで、早速テーブルにスマホを出した。そして、なんとなく正座する。片耳がふさがる電話はいつも緊張するのだ。

けれど、家ならほかから声をかけられることはない、電話に集中してもいいと自分に言い聞かせて、ボタンを操作した。

「もしもし、藤代です。遅くなってすみません」

『電話ありがとう。急いただろ。息が上がってる』

「あ……」

呼吸を整えたつもりだったのに、ばれていた。

『本当に真面目なんだね。適度に力を抜かないと疲れるよ』

「そうですね」

そう返事をしたものの、毎日全力でも非難を浴びるのだから力を抜くのは難しい。

「お手紙ありがとうございました」

『急だったから、茶封筒しかなくて。色気もなにもない手紙でごめん』

おかしなことを気にする来栖さんに笑みがこぼれる。緊張が緩んだ。

「手紙に色気なんて」

『必要だろ。女性を落としたいときは、特に』

そんなふうに言われると、ドキッとする。彼が冗談を言っているのはわかっていても。

「それじゃあ、そういうときはとっておきの便箋と封筒を用意してくださいね。東郷百貨店でも販売しております」

『かしこまりました』

　普段、あまりよく知らない人と会話を弾ませることはないのに、来栖さんは話しやすくて、余計なことまで言ってしまう。

　しかし、乗ってくれるので助かった。

『それで、辻口さんだけど……そもそも権利ばかり主張する人で、対処に困っていたらしいんだ』

「そうだったんですね」

『うん。真山さんの前の部長のときに無期雇用を結んでいて、こちらから簡単に首を切れない。ただ、携わってきた年月相応の仕事を任せようとしても、パートだからと逃げてやらないし、新人いびりはするしで、真山さんも繰り返し注意を入れていたようだ』

　まさか、そんな裏話があったとは。あの優秀な真山部長を困らせていたのだから、相当だ。

『だから、彼女のほうから退職を口にしてくれて、願ったり叶ったりだったんだ。ああ、これは内密に』

嫌にあっさり『辞めます』という発言を受け入れたと驚いたけれど、いろいろ聞いて納得した。

『辻口さんも啖呵を切った手前、引けなかったみたいだね。退職することで合意となった。正直、こういう切り方はしたくないんだが、藤代さんに辞められては困るし』

「私？」

いきなり私の話になってうろたえる。

『そうだよ。辻口さんの嫌みに耐えかねて退職を言いだされでもしたら、東郷百貨店の痛手になる』

「買いかぶりすぎです」

『そうかな？　今日、外出の前に催事を覗きに行ったら、昨日とは比べ物にならないほど、スタッフがスムーズに動いていた。たった一日でここまで改善できる能力が、君にはあるんだよ』

そんなふうに評価されているとは知らなかった。うれしい一方で、期待が少し重くもある。

「それはスタッフを増やしていただいたり、皆さんが作業に慣れたりしただけです」

『それももちろんあるけど、それ以上だった。真山さんが君を絶賛していたけど、納得だ』

「そんな……」

片耳が不自由なことで迷惑をかけているのに。これまでも、聞き漏らしは数えきれないほどあるし、呼ばれてもどこから声がかかっているのかわからず、反応が遅れてため息をつかれることも日常茶飯事。どちらかというと、足を引っ張っているほうだ。

『今日は、守れなくてごめん』

守れなくてとはどういう意味？

「なにがでしょう」

『辻口さんがあのときなんと言ったか、わかったよね』

『聞こえないくせに』と彼女が発したときのことだ、きっと。

「……そうですね。少しなら口の形も読めるので。でも、大丈夫です」

聞こえないのは事実だし、こんなこと何度だってある。

そう思っても、本当は心が痛い。

『傷つくことに慣れてはダメだ』

「慣れる？」

『そうだ。〝仕方ない、大丈夫〟と自分に言い聞かせて生きてきたんだろうけど、間違っているのは相手のほう。俺は君の上司として、守らなければならなかったのにできなかった。申し訳ない』

来栖さんは私を真面目だと言うけれど、真面目なのは彼のほうだ。私の耳が聞こえていれば必要のない配慮だし、なにより彼は営業本部の部長に就任したばかり。引き継ぎやら挨拶やらで忙しいのに、気を配ってもらえるだけでありがたい。

「いいえ。そんなふうに気にかけていただいて恐縮です。ありがとうございます」

前任の真山部長も『困ったことはない？』とよく聞いてくれた。東郷百貨店の営業本部の部長は人格者ばかりだ。

『なんでも遠慮なく言ってほしい。できるサポートはする。俺、大学を出てからヨーロッパ各地のデパートを回っていろんな売り場を見てきたけど、肝心の東郷のことはまだよく知らない。これからもいろいろ教えてほしい』

地方の店で働いていたのかと思いきや、ヨーロッパとは。それで見かけなかったのか。

「私でわかることでしたら。ヨーロッパ、素敵ですね」

『行ったことある？』

「ありません」

国内旅行ですら、知らない場所は怖い。ましてや言葉が違う海外は腰が引ける。情報収集しようとしても、右耳だけだと重要なアナウンスを聞き漏らすこともあるし、ざわつく場所ではずっと気を張っていなければならない。旅行を楽しむのは難しいのだ。

『そう。いつか一緒に行こうか』

「えっ？　ありがとうございます」

意外なお誘いに驚いたけれど、彼は私の様々な困難を瞬時に理解して、ひとりの旅行が難しいと察したのかも。

『本気だぞ』

「機会があれば」

おどける彼の心の温かさをひしひしと感じる。こんなふうに優しく声をかけられたのは初めてだ。

『明日から挨拶回りが本格化する。あまり売り場に顔を出せなくなるけど、困ったことがあればこの携帯に連絡して。俺はできれば声を聞きたいけど、電話は大変か……』

やはり、片耳がふさがる電話が大変だと気づいているようだ。

それにしても、声を聞きたいのはどうして？

「はい、お電話します」

『遅くなっても構わないし、なんなら夜中にたたき起こしても』

「そんなことはできません」

『そうしますと言ってもらったほうが安心するんだけどな。どうも藤代さんはひとりでなにもかも抱えそうに見えるし、俺の都合ばかり気にしそうだ』

彼はエスパーだ。まさにその通り。

『メッセージのＩＤも送っておく。電話しづらい状況のときはそっちを使って。俺たちは、もう同じ船に乗った同士なんだよ。進むも沈むも一蓮托生（いちれんたくしょう）』

「沈むだなんて」

『もちろん、沈ませるつもりはない。俺が目いっぱい帆を立てるから、藤代さんには風を送ってほしい。これから一緒によろしく』

「はい、頑張ります」

へとへとだったのに、気力がみなぎる。就職してからここまでの気持ちになったのは初めてだ。

いきなり能力の高さを見せつけた来栖さんが、私と一緒にと言ってくれるのがありがたすぎる。彼と協力し合うなんておこがましいけれど、うれしいものはうれしい。

『うん。それじゃあ、おやすみ』

「はい、おやすみなさい」

電話は怖かったのに、ずっと彼の声を聞いていたいような気持ちになる。余韻に浸りながら電話を切ると、すぐにショートメールが着信して、メッセージアプリのＩＤを教えてくれた。早速登録して【届きました】とメッセージを送ると、【ありがとう】と丁寧なお礼の言葉が送られてきて、ほっこりした。

プロポーズの思惑は？


それから三月末の催事の終わりをめがけて、がむしゃらに働いた。

毎日反省点を洗い出して少しずつ接客方法を改善していったら、お客さまの反応も次第によくなってきた。特に、混雑して待たせているのに怒りだす人がいないのは、去年までとは違う光景だ。

今年は、受付をした方が待ち時間にほかの売り場を見ていられるように、呼び出しベルを渡すようにしたのだ。新たにシステムを導入しなければならず、初期費用がかかりかかると躊躇したけれど、来栖さんにアイデアを打ち明けたらすぐに用意してくれた。

ほかの売り場にお客さまが流れるのもあってか、三月二十日の時点で前年同月百パーセントの売り上げを達成し、まだ伸びている。

それに、ＳＮＳで対応のよさをつぶやいてくれた方がいて、三月中旬から客足がどっと増えた。

ほかの百貨店や学生服専門店もあるのに、東郷を選んでもらえるのは光栄なことだ。

急遽、人員をさらに増やしてもらって対応しながら、最後まで駆け抜けた。

「お疲れさまでした。皆さんが頑張ってくださったおかげで、この催事に関しては売上前年比百三十八パーセントを達成しました。過去最高です」

締めのミーティングで結果を発表すると、どこからか拍手が起こり、やがて広がる。

最初はどうなることかと思ったけれど、それぞれの従業員がしっかり役割を果たしてくれて、大成功となった。

「呼びかけていただいても、たびたび反応できなくて申し訳ありませんでした。皆さんのご協力で無事にこの催事を終えることができます。いたらない責任者でしたが、助けてくださり本当にありがとうございました」

何度か呼ばれても気づけないことがあった。そのたびにため息をつく人もいて、申し訳なく思っている。ただ、人員補充で入ってくれた西里さんというパートの女性が、いつも私の肩を叩いてから話しかけてくれた。それをきっかけに皆が真似するようになり、状況は好転した。

こうしてくれたらわかりやすいと、自分からお願いするのはわがままだと思っていたが、積極的に伝えるべきだとわかった。

それからは右側から話しかけてほしいのはもちろん、電話を取っているときは聞こえないのであとにしてほしい、ざわついているときは聞き取りにくいので紙に書いてほしいといったことをお願いしたら、快く応じてくれた人もいた。

　これまでハンディキャップを克服するためには、自分が努力するしかないと思い込んでいたけれど、助けてもらえる手を頼ればいいのだと、身をもって知った。

「学生服の催事はまた来年もあります。ぜひ今年のスキルを来年にも生かしてください。ありがとうございました」

　深く頭を下げると、安堵と成功の喜びで目頭が熱くなる。顔を上げられないでいると、右肩をトンと叩かれた。

「皆さん、お疲れさまでした」

　この声は来栖さんだ。

　私は顔を上げた。

「藤代さんを中心に、一丸となって闘っていただいたおかげで、本店における三月の最高益を達成しました。私も部長就任直後で、完全に棚ぼたをいただきましたが――」

　来栖さんのユーモアあふれる言い方に、笑いが漏れる。

　でも、棚ぼたなんかじゃない。いつも売り場にいるわけではなかったけれど、ずっと見守ってくれていた。行き詰まって電話をしたりメッセージを送ったりするたび、いろんな改善案を示してくれた。

呼び出しベルの件も、経費がかかると心配しておそるおそるの提案だったのに、『いいアイデアだ』と即座に対応してくれたおかげで、自信が持てた。

彼は縁の下の力持ちだ。

「皆さんの仕事ぶりに脱帽です。今後、売り場の配置はそれぞれ変わりますが、今回の成功を糧（かて）に、また新たな一歩を踏み出してください」

来栖さんの話を聞きながらうなずく従業員は、最初の朝礼のときとは打って変わって表情が明るい。私が来栖さんから自信をもらったように、皆もこの成功が自信につながったに違いない。

そもそも派遣社員やパートの立場の人たちは、売り上げがよかろうが悪かろうが、同じ時給で黙々と働くだけ。だから、なかなか士気も上がらなかったのだけれど、来栖さんが『今の接客とてもよかったですね』だとか、『お客さまが困られているのによく気づきましたね』だとか、ちょっとしたことでも皆を褒めて回ったため、次第に各々（おのおの）が接客を工夫するようになった。それが成功につながったのだと思う。

最後のミーティングが済み着替えたあと、片付けが終わりがらんとした催事場で放心してしまった。

「よかった……」

いきなり辻口さんのことがあり、うまくいかないのではという不安でいっぱいだったけれど、結果は大成功。初めて責任者として受け持った催事がこんなにうまくいくとは思わなかった。

感慨にふけっていると、右肩を軽く叩かれて、大げさなほどに体をビクッとさせてしまった。

「ごめん、驚いた？」

「すみません。ぼーっとしていたので」

申し訳なさそうにしているのは来栖さんだ。

「メッセージを送ったんだけど、既読がつかないからここかなと思って。正解だった」

「携帯……」

仕事中はロッカーの中で電源を落としておいたのだけれど、オンにするのを忘れていた。

慌ててカバンの中を探るも、本人がいるのだから直接聞いたほうがいい。

「なにか御用でしたでしょうか」

「うん、約束したから」

「約束とは？」

もしやなにか忘れてる？と顔が引きつったものの、来栖さんはなぜか頬を緩める。

「ほんとに真面目だなぁ。しまったって顔してる」

「すみません、なんの約束でしたでしょう」

正直に忘れたと明かすと、彼はクスクス笑いだした。

「打ち上げしようって約束しただろ？」

「あ……」

仕事のことじゃないのか。でも、あれは本気だったの？

「思い出した？」

「はい」

「明日、休みだよね。俺もなんだけど、予定詰まってる？」

唐突なお誘いに、瞬きを繰り返す。

仕事帰りに軽く飲みに行くくらいだと思っていたのに、休みの日にわざわざ約束をするなんて。

「いえ、なにもありませんが」

そもそもお休みは、家にこもっていることが多い。外に出かけるのはどうしても労力がいるからだ。休みの日くらい気持ちを緩めておかないと闘えない。

「俺、昼は実家に呼ばれてて、ディナーでもいい？」

「はい、大丈夫です」

「好きなものと嫌いなもの教えて」

とんとん拍子で食事に行くことが決定して、なんだか気持ちがついていかない。もう長い間、誰かとこうして食事に行くことなんてなかったから。

答えられないでいると、彼が心配げな顔をして私を見つめる。

「ごめん、強引だったね。嫌なら嫌だと――」

「違います」

戸惑っているのは本当だけれど、嫌なわけがない。ずっと不安だった私を支えてくれた彼には感謝でいっぱいだし、こうして接点を持てるのは光栄だ。でも……。

「それならどうした？　気がつかないことがあるかもしれないから、教えて」

本当に優しい人だ。どんなときでも私を気遣ってくれる。

「……私。いろんな失敗をしてしまうんです。レストランで店員さんに話しかけられてもわからなくて無視してしまったり、メニューの説明をしてくれているのに聞き取れなくて同じことを何度も聞いてしまったり。きっと来栖さんとの会話だって聞き漏らします。失礼なことばかり――」

「そんなの構わない」

がっかりされるのが怖くて早口でまくし立てると、彼は私の言葉を遮り強い口調で言った。

「片耳が聞こえないことについて、少しだけど調べた。俺が想像するよりずっとたくさんの困難があるのも知った。聞き漏らしたって、何度でも言うよ。それを失礼だなんて思わないし、できるだけ静かな個室を予約するつもりだ。だからなにも心配いらない」

「来栖さん……」

「君は、今回の催事を成功に導いた立役者だ。感謝の気持ちを受け取ってほしい」

これまでも親切にしてくれた人はいた。けれど、私が失敗を重ねると次第に距離を取るようになり、そのうち連絡が完全になくなる。

それだけではない。学生時代に少しだけお付き合いした人にこっぴどい仕打ちを受けて、トラウマになってしまった。だから、他人とかかわるのが少し怖い。

そんなことを思い出してしまい黙っていると、彼は難しい顔をする。

またあきれさせてしまったようだ。

「ごめん。こんなふうに迫られたら困るよね」

違う。私が臆病なだけ。決して困ってはいない。

「本当のことを言うよ。実は俺、帰国して藤代さんに会えるのを楽しみにしてたんだ」

「えっ？」

彼とはこの催事で初めて会ったはずなのに、以前から知っていたような口ぶりに首を傾げる。

「以前催事で、ヨーロッパの文具展とか洋菓子展とかやったの、覚えてる？」

「もちろんです」

どちらも二年連続で携わらせてもらった。とても楽しい企画で、私もいくつか商品を購入した。

「イタリア製のレターセット」

「あっ！」

最初の年にノスタルジックな雰囲気漂うレターセットがとても気に入り、何種類か買い込んだ。それを買い付けた日本人のバイヤーがイギリスのデパートにいると聞いて、【素敵な文具に出合わせてくださり、ありがとうございます】とそのレターセットでお礼をしたためたのだ。あのときは、シーリグスタンプ風のシールも一緒に買っていて、それもつけて送った。

電話が苦手な私は手紙を書くのが好きで、特にお世話になったお客さまにお礼のはがきを出すこともある。メールのほうが手っ取り早いけれど、なんとなく味気なくて、時々手紙を利用するのだ。

「もしかして、バイヤーさんって……」

「うん、俺。手紙、すごくうれしかった。あっちでは孤軍奮闘してたっていうか……いい仲間には恵まれたけど、東郷に関する仕事はひとりでしてたし、仕事中日本語が使えない環境はしんどくもあった。そんなときにあの手紙をもらって、どれだけ励みになったか」

相手が来栖さんだったなんて信じられない。

「そういえば、シーリングスタンプ……」

「藤代さんのアイデアを採用させてもらった」

特別感があってワクワクすると手紙に書いたら、翌年はシールではなく本当のスタンプが用意されていた。それを広告に載せたら予想を上回る売れ行きで、早々に売り切れてしまった。それから文具売り場には、常に置かれているはずだ。

「そうだったんですね」

これは驚きだ。

「最高にうれしかったのは、風邪をひいてしまったと書いて送ったとき、生姜の飴とかおすすめのサプリをたくさん送ってくれただろ？」

実は私が送った手紙をきっかけに、文通が始まった。メールが飛び交うこの時代に国際郵便なんて変かなと思ったけれど、彼もいつも手書きの手紙を返してくれた。来栖さんが文通相手だとは思いもよらず気にも留めていなかったが、そういえば以前営業本部で預かった伝言の筆跡と同じだ。

「あっ、あれは……。なんだか慌ててしまって、イギリスにも売ってそうなものまで入れてしまったから、あとで自分にあきれていたんです。お恥ずかしい」

「いや、すごくうれしかったよ。俺の体を気遣ってくれる人がいるんだと思うと、元気が湧いてきた」

そういえば、治りましたという報告と一緒に、イギリスのお菓子をたくさん送ってもらい、意図せず海老で鯛を釣ったような気分だった。

「よかったです。お手紙、全部大切にとってあります」

まさか、こんなところでつながっていたとは。

「手紙は恥ずかしいから捨ててよ」

「できません」

手紙での交流は月に二回ほどのペースで続き、彼は住んでいる地域の写真とともに、イギリスの街並みについて紹介してくれた。

だから私も、日本の四季を感じる写真を同封したり、日本茶を送ったりしたこともあった。すると、大量の紅茶が返ってきたのを覚えている。

心のこもった手紙からは優しさや気遣いを感じ、封筒を開けるだけで頬が緩んでしまうこともしばしばだった。手紙が届くのが楽しみで、一日に何度も郵便受けを確認していたくらいだ。

「あれ……。でも、お名前が違いましたよね」

手紙には、川崎(かわさき)オリバーという名で、日本人の父とイギリス人の母を持つハーフだと書かれていた。

「あまり来栖家の人間だと知られたくなかったんだ。オリバーはルームシェアしてたやつの名前。ロンドンではルームシェアは珍しくなくて、事情を話したら『俺の名前使えば』って」

なるほど。会長の息子から手紙をもらったと舞い上がって、吹聴(ふいちょう)する人がいてもおかしくはない。そうした懸念があって、本名を明かさなかったのかもしれない。

「そうだったんですね。来栖さんだったなんて」

なんだかうれしい。

「真山さんとはプライベートでも付き合いがあって、よく連絡を取り合ってたから、実は藤代さんのことも聞いてたんだ。真山さんの口からはネガティブな話はひとつも聞こえてこなくて、素敵な人なんだろうなと思ってた。片耳が不自由だけど奮闘している社員の話も聞いていて、それが同一人物だと知ったのは帰国する直前で、少し驚いたけど」

真山部長は、私の難聴を隠しておいてくれたのだろうか。

会えるのを楽しみにしていたという彼は、その相手が片耳難聴だと知って、がっかりしたのかもしれない。

こんなふうに卑屈になりたくないのに、せっかくお近づきになれた来栖さんに嫌われたくないという気持ちが強くて腰が引ける。

「仕事ぶりを見て、やっぱり素敵な人だと思った」

「えっ？」

予想とは違う言葉に、間が抜けた声が出てしまう。

「でも、プライベートの藤代さんも、もっと知りたいな」

「いえ、だらだらしているだけで、お見せするようなものでは」

焦りすぎて正直に伝えると、彼はプッと吹き出した。

「実は俺も。一緒だね」

「来栖さんも？」

スリーピースをばっちり着こなし、いつ見ても背筋が伸びていて、笑顔も絶やさない。接客業の鑑のような彼から、だらけている姿なんてまったく想像できない。

「俺と藤代さんだけの秘密」

彼はお茶目に笑い、口の前に人差し指を立てる。

「明日、どうかな？」

「はい、お願いします」

「よし」

小さくガッツポーズする彼がおかしい。

「それで、なにが食べたい？」

「パクチーが苦手なんですけど……」

「奇遇だね。俺も」

本当かな？　気を使っているのではないだろうか。

「ほかは大体食べられます」

「了解。いい店探しておく。よければ車で迎えに行くけど、住所聞いてもいい？」

「はい」

こんなに心が弾むのはいつ以来だろう。

いつの間にか口角が上がっているのに気づいた。

翌日。ディナーに着ていくものを散々迷って、オフホワイトの薄手のニットにベージュのオーガンジーのプリーツスカートを合わせ、ネイビーのトレンチコートを羽織った。

職場ではひとつにまとめている長い髪は、下ろしてハーフアップに。そして、東郷百貨店の一階に入店している化粧品メーカー『ドゥシャイン』の新色リップを唇にのせる。

仕事ではベージュ系の落ち着いた色を使っているが、今日は一目惚れ（ひとめぼ）したローズレッド。派手かもしれないと心配したけれど、顔色がよく見えてなかなかいい。

アイラインをしっかり引き、全体的に普段より大人びた雰囲気にしてみたのは、紳士な来栖さんに恥をかかせないようにするためだ。といっても、私自身が変わるわけではないので、精いっぱいの背伸びをしただけなのだけど。

何度も鏡に自分の姿を映してチェックするのは、少し緊張しているからだ。なにせ誰かと食事に行くのも久しぶりだし、その相手が素敵な男性ときては、ドキドキもする。

来栖さんは失敗しようが構わないと言ってくれたものの、彼の顔に泥を塗るようなことはしたくない。

「お願い、頑張ってね」

私は聞こえる右耳にそっと触れてつぶやいた。

【マンションの下に着きました】

落ち着きなく狭い部屋を行ったり来たりしていると、来栖さんからメッセージが届いた。

【すぐに行きます】

返事を送信したものの、慌てすぎてスマホを落としそうになる。

「落ち着いて」

相手は来栖さんなの。身構えなくていいんだから。

もう一度鏡を覗き、気持ちを落ち着ける。大きく息を吸ってから部屋を飛び出した。

マンションの前に停まっていたのは、さすがは御曹司と思うような白の高級車だった。

「ごめん、少し遅くなった」

丁寧に車から降りて待っていてくれた来栖さんは、申し訳なさそうに眉をひそめる。

「大丈夫です」

約束は十七時半だったのだが、現在四十三分。遅れてはいるけれど、道路事情もあるので想定内だ。

「どうぞ」

ドアを開けてエスコートしてくれるので、ドキッとした。こんな経験初めてだったからだ。

「失礼します」

軽く会釈してから乗り込むと、彼はドアを閉めてくれる。

重厚感のある革張りのシートに、高級車はシートの質感からして違うのだなと妙な感心をしていた。そうすることで、運転席に座った来栖さんとの距離の近さを紛らわせたいのだ。

真横に座って話したこともあるのに心臓が速い調子で打ちだしたのは、車の中という狭い空間にふたりきりだと意識してしまったから。

来栖さんはもちろん緊張している様子などなく、すぐさま車を発進させた。

「ちょっと実家の話が長引いてしまって」

「もうよかったんですか？」

もしや私との約束があるから早く切り上げてきたのではないかと心配だ。

「まったく問題ないよ。そもそも行きたくなかったし」

「そう、ですか」

なんの話なのか気になるけれど、もちろん赤の他人が首を突っ込めない。

「来栖さん、実家にお住まいではないんですね」

歴史ある東郷百貨店をつないできた由緒正しき家柄であれば、高級住宅街に大きな一軒家を所有していそうだ。おそらく社長になる彼は、その家も継ぐのではないだろうか。

「大学卒業までは実家暮らししてたんだけど、ひとりを満喫したら戻れない」

「ご両親、厳しかったんですか？」

「父が結構頑固でね。だから、すました顔して猫をかぶって生活してた。実家にいる間はそれが普通だったからなんとも思わなかったんだけど、野に放たれたときの爽快感といったら。こんな世界があるのに知らなかったのかと衝撃を受けたよ」

　来栖さんは話がうまい。緊張していたのに顔がほころぶ。

「野に放たれたって」

　彼とは環境が異なるけれど、誰かの目を気にしなくてもいいという爽快感はなんとなくわかる。

「我ながら、言い得て妙だと思うけどな」

　クスクス笑う彼は、仕事中よりずっと表情が柔らかい。

　そういえば、休みなのにスーツ姿だ。実家にスーツで行かなければならないなんて、立派な家に生まれるのも大変なんだなと、勝手にあれこれ考える。

「そんな自由奔放には見えませんけど」

「そう？　仕事中は猫かぶりのほうだから、秘密にしておいて」

　彼は目を細めて楽しそうに言う。

　猫かぶりか……。とてもそうは見えないけれど、誰しも多少よそ行きの顔を持っているものだ。

「藤代さんもひとり暮らしなんだね。いつから？」

「大学進学を機に愛知から出てきたんです」

両親が離婚したのは、私が小学生の頃だ。

私の難聴を治すことに躍起になり、家のことを放り出してあちこちの病院に連れていく母に、父は理解を示さずケンカばかり。まだ幼かったとはいえ、自分がケンカの原因だと薄々勘づいていた私は、つらくて仕方がなかった。

そのうち父が出ていってしまい、あっさり離婚となった。

なんとか聴力を戻したいと奔走してくれた母には感謝している。しかし、父と離婚してからお酒の量が増え、『あなたがいなければ』と毎日のようになじられた。どれだけアルコールを絶つように促しても、隠れて飲むの繰り返し。ついには依存症になってしまった。私ひとりでは手に負えなくなり、そうした人たちをサポートする方にも介入してもらったものの、お酒はやめられなかった。

そのうち、酔った母に暴言を吐かれたり物を投げつけられたりするのに耐えられなくなり、進学を口実に家を出たのだ。

けれど、その約一年後。肝臓を患った母は、あっけなく逝ってしまった。あれからずっと、もう限界だったから仕方がないという気持ちと、母を見捨ててしまったという罪悪感との狭間で苦しんでいる。

「そうだったのか。失礼かもしれないけど、上京を反対されたんじゃ……」

「実は両親は離婚していて──」

正直に今までの経緯を話すと、彼は目を丸くして驚いている。

「大変だったんだね。だけど、ご両親の離婚は藤代さんのせいじゃないし、お母さんが亡くなったのは残念だったけど、離れてよかったと思う。そうでなければ、藤代さんがつぶれていたよ」

初めて他人に母を亡くしたいきさつを告白し、さらには離れたことが間違いではなかったと言ってもらえて、目頭が熱くなる。

「藤代さんには、幸せになる権利があるんだよ」

「幸せになる権利……」

来栖さんの言葉が心にしみる。

無我夢中で生きてきて、目の前のことをこなすだけで精いっぱいで……未来の自分の姿なんて思い描く余裕がなかった。けれど、幸せな明日が待っていたら素敵だ。

「うん。きっとお母さんも藤代さんの幸せを望んでる。アルコールのせいで少しおかしくなってしまっていたかもしれないけど、病院を渡り歩いたお母さんは、絶対に藤代さんを愛していたはずだ。幸せになろう」

そうなのかな。たしかに母は、お酒に溺れるまでは優しかったし、どんなときも私を優先してくれた。

来栖さんが柔らかな表情で微笑むので、気持ちが軽くなる。

「東京を選んだのはどうして？　行きたい大学があったの？」

「というよりは、いろんな地域から人が集まる東京は、多様性を認める人が多いと聞いて」

実際に暮らしてみると、他者に寛容……というか興味がない人が多いようにも感じられる。一方で、自分とは違う特性を持つ人間に眉をひそめる人も、珍しくない。

片耳が聞こえないことをあっさり受け入れてもらえるほど、甘くはなかった。辻口さんがいい例だ。

ただ、マンションの隣人には引っ越しの際に挨拶に行ったきりで付き合いはないし、それゆえ余計な気遣いもしなくていい。そういうところは楽かもしれない。

「なるほど、そうかもしれないね。名古屋店は地元の人が多いせいか、ほかの地域から転勤になると受け入れてもらえるまでに時間がかかるなんて聞いたこともある。たしかに東京はいろんな地域の人がいてあたり前みたいなところはあるな」

来栖さんは軽くうなずきながら納得している。

「東郷百貨店が受け入れてくださらなければ、どうなっていたことか。感謝しています」

実は、ほかの就職活動は全滅だったのだ。

最終面接までは何社か行ったのだけれど、正直に難聴について話すと空気が変わった。不採用の理由を明かされるわけではないので、それが原因だとは言いきれないが、最終面接にたどり着いた時点で採用はほぼ決定していて、ただの顔合わせだと話していた会社にも縁がなかったため、難聴がネックになったと感じている。

「そうだったのか。藤代さんのことだから、耳について正直に話したんだろ?」

「はい。さすがに何社も落ちると隠そうかと揺らぎましたけど、あとで困った顔をされるのも嫌でしたし、この耳も私の一部ですし」

なんて、前向きな発言をしてみたものの、本当はそんなに簡単じゃない。どうして皆のように聞こえないんだろうと泣いた夜は数知れないし、あからさまに嫌がらせをされたときはみじめな気持ちにもなった。

けれど、治ることはないので受け入れるしかない。

「強いね。感心するよ。でも、ときにはずるくなってもいいと思うよ、俺は」

「ずるく?」

「そう。藤代さんの心が泣くくらいなら、黙っておくのも手だ。残念だけど、片耳が聞こえないことにどんな弊害があるのか、皆知らない。片方が聞こえるんだから問題ないと思うのが普通だ」

たしかに、いつもそう言われてきた。

「説明すれば納得する人と、なにも知ろうとせずに努力が足りないとかいう根性論に持ち込む人がいるんじゃない？」

その通りだ。まるで私のこれまでの生活を見てきたようなことを言われて、思わず大きくうなずく。

「根性論が大好きな人に説明しても、多分わかり合えない。どれだけ誠実に話しても、かえって冷たい言葉を浴びせてくるだろう。そんな人への説得で疲れてしまうなら、黙っておけばいいよ。サポートが必要になったときに明かせばいい。たまたま両耳が聞こえる人が多いだけだし、藤代さんはいろいろ工夫して仕事も問題なくできてるんだから」

『たまたま両耳が聞こえる人が多いだけ』という発言には驚いた。そんなふうに考えたことはなかったけれど、たしかにそうとも言える。片耳が聞こえないことが大きなコンプレックスになっている私にとっては、気持ちが軽くなるありがたい言葉だった。

とはいえ、『問題なくできてる』というのは、彼の優しさに違いない。今回の催事も、いきなり辻口さんのことでつまずいたのだから。耳が聞こえていれば、あれほど大事にならなかったはずだ。

そんなことを考えてしばらく黙っていたからか、赤信号でブレーキを踏んだ彼が顔を覗き込んでくる。

「なるほど」

「な、なにがですか？」

「俺が気を回して話してると思ってるだろ」

どうして全部見透かすのだろう。目を丸くしてはイエスと答えているも同然なのに、言葉が出てこない。

「辻口さんのことは、たしかに藤代さんの難聴が引き金で起こったいざこざだった。だけど、根本的な原因はそこじゃない。前にも話したけど、彼女が反発するのはいつものことだし、年下に指示されるのが嫌ならと責任者を打診すれば逃げるしで、悩みの種だったんだ。藤代さんの耳は口実に使われただけ」

そう言ってもらえると多少は肩の荷も軽くなるけれど、辻口さんのことだけではない。呼びかけに気づかず無視してしまう形になり、困った従業員も少なからずいるはずだ。

信号が青になり、再びアクセルを踏んだ彼は脈絡もなくそんなふうに言う。

「わかったって……」

なにが？

「俺、藤代さんにすごく期待してるんだ。でも、足りないことがあるとわかった」

まさかそんな観察をされているとは知らず、緊張が走る。

「すみません。足りないことだらけで」

従業員をうまく使うのも下手だし、来栖さんのような適切な声かけもまったくできなかった。

「いや。足りないのはひとつだけ。自信だ。自分の能力を信じないと、思いきったことができない。同じ失敗をするにしたって、誰かに指示されたときと自分が思ったように進めたときとでは、失敗のあとに得るものが違う」

私は深く共感した。前者であれば失敗は自分のせいじゃないと逃げて終わりだけれど、後者なら責任を感じて苦しいだろう。しかしそこから学べるものはたくさんあって、次こそはと奮起するに違いない。

「そうですね」

「今回の催事で、藤代さんは自然と試行錯誤できてたんだ。新たに資料を作り直したり、質問しやすいようにグループを作ったり。それなのに、自信がない。謙虚と言えなくもないけど――」

「いえ。その通りです。自信がないんです」

私は来栖さんの言葉を遮って自分から告白した。ぐうの音も出ないほど、当たっているからだ。

「そっか。今回の成功は自分のおかげだくらいに思えばいい」

「それはさすがに……」

皆が一丸となって頑張った結果なので、手柄をひとり占めしたりできない。

「思うのは勝手だぞ」

来栖さんはクスッと笑っている。

それくらい、自分を肯定しろと言っているのだ、きっと。存在を否定されてばかりだった私にはかなりハードルの高いアドバイスだけれど、それを目標にしようと思った。

「まあいいや。俺が育てるって決めたから」

「私をですか？」

「うん、藤代さんの自信を育てる。だからついてきて」

「はぁ……」

自信を育てるって、どうするのだろう。

彼はうまく接客できた従業員に、ねぎらいと称賛の声をかけていた。あれもその一環なのかもしれない。誰かから褒められると、自己肯定できるものだ。

「堅苦しい話はここまでにして、着いたよ」

彼が運転する車は、ベリーヒルズビレッジという複合施設に入っていく。ここにはホテルやレジデンス、おしゃれなレストランなどがそろっていて、最近人気のスポットだ。

「イギリスは素晴らしい国だったけど、唯一食事だけはどうも……」

イギリスの食生活が豊かでないのは、よく聞く話だ。

「食べ物は大事ですよね」

「そう。疲れたりへこんだりしたとき、おいしいものをたっぷり食べると、気持ちが上がるよね。それができない」

駐車場に車を停めた彼は、肩をすくめる。

「大変でしたね」

「それ以外はよかったんだ。時々フランスに出張してたんだけど、食事が楽しみで。ただ、やっぱり日本食が恋しくなるんだよ。それで、今日は和食にしたけどよかった？」

「もちろんです」

慣れ親しんだ食べ物はやはり口に合うし、ほっとするものだ。

彼がエスコートしてくれたのは、『旬菜和膳（しゅんさいわぜん）』という格式高い日本料理店。もっとカジュアルなところを想像していたので戸惑ったが、案内された個室に入るととても静かで落ち着く。私の耳を気遣って、ここをチョイスしてくれたのかもしれない。

「お酒、飲める口？」

「いえ」

好きなのだけれど、酔ってしまうと感覚が鈍って左耳をカバーできなくなるから怖い。

「苦手なの？」

「外では怖くて」

なんと説明しようかと思いつつ、そんな言葉になった。すると彼はにっこり笑う。

「それじゃあ、今日は飲もう」

「ですから――」

「藤代さんの身の安全は俺が守る。今日は俺が左耳になるし、それとは関係なくぐでんぐでんになっても、送り届けるから」

怖いと言っただけで、私の心の隅々まで見抜く彼は何者なのだろう。

「ぐでんぐでんはちょっと」

「見てみたいけどね。日本酒でいいかな。甘め？　それとも辛いのにする？」

優しく微笑む彼は、飲ませる気満々だ。そこまで配慮してもらえるなら少しだけ飲もうと「甘めで」と答えた。

ところが仲居さんに注文したのは私の分だけ。来栖さんに運転があるのを失念していた。

「すみません。私もよかったのに」

「育てると話したじゃないか。藤代さんをちょっと図々しくさせたいんだよ」

「え……」

図々しくさせたいとは、なかなかない発想だ。

「あとは、気持ちの緩め方も知ってほしい。残念だけど、すべての人が良心的とは言い難いから気を張っていなければならない場面も多いと思う。でも、信頼できる人といるときはリラックスする方法を身につけたほうがいい。あっ……俺じゃあ信頼できないか」

「まさか」

正直、下心という意味ではわからない。でも、彼は毒を含んだ言葉を投げつけてくるような人ではない。

それに、私のことを考えての厚意であれば、無下にするのもはばかられる。少しにしておけば大丈夫だろう。

お酒とお茶で乾杯したあとは、空豆を使った豆腐やうになどが色鮮やかに並んだ先付を楽しむ。

「おいしい」

「こういう繊細な味が食べたかったんだ」

来栖さんも頬を緩めている。

「今日は強引に付き合わせてごめん。彼氏とか大丈夫だった？」

次に運ばれてきたはまぐりの吸い物に手を伸ばしながら、来栖さんが尋ねてくる。

「彼氏なんていませんから。そういう人はいりません」

むきになって否定してから、しまったと後悔した。案の定、彼は驚いた様子で私を見ている。

「いらないって……。なにか嫌なことがあった？」

同じくらいの年代の人は恋愛や結婚の話で持ちきりだし、そうしたものに関心がある年頃だ。それなのに恋愛はしない宣言をしたようなものなので、びっくりするのもうなずける。

「いえ……」

私には大きなトラウマがある。でも、来栖さんに話すことではないと口をつぐんだ。

「藤代さん」

視線を伏せていると名前を呼ばれて顔を上げる。

「耳のことでなにかあった？　周囲から反対されたとか？」

引き下がると思った来栖さんは、意外にも質問の手を緩めない。

「あの……」

「俺でよかったら話してみないか？　こんなきれいで性格もいい君が恋をあきらめてしまうなんてもったいない」

きれいで性格もいいって……。

そんなふうに評価されたのは初めてで、目をぱちくりさせる。

「なんできょとんとしてるの？」

「来栖さんがとんでもないことを言うから」

「俺は本当のことしか言ってない」

自信満々に語る彼は、なぜか私に強い視線を送る。

「わ、私……。初めてお付き合いした人に利用されて」

過去のトラウマを他人に話すのは初めてだ。けれど、真剣に私を心配している来栖さんには話しても大丈夫かもしれないと口を開いた。

「利用？」

「大学生の頃に、ひとつ年上の先輩からちょっと強引に告白されて、数カ月だけ付き合いました。最初は優しかったんですけど、私が話を聞き逃すとあからさまにイライラするようになって」

これでも、聞き逃すまいと精いっぱい努力したつもりだ。だから彼と会った日はへとへとになってしまった。

「ピリピリした空気に耐えられなくなって、別れてほしいとお願いしました。でも拒否されて……。そのうち、彼と友達が話しているのを聞いてしまったんです」

「なにを？」

「『つまらない女だった。でも、就活で耳の不自由な人を助けるボランティアをしているとアピールするのにちょうどいい』って。私、ボランティアをされていたんです」

あの頃のことを思い出すと、情けなくて視界がにじむ。けれど悔しいので泣きたくはない。

「……なんてやつだ」

悔しそうに顔をゆがめる来栖さんは、拳を震わせる。

まさかこんなふうに怒ってくれるとは思わず、驚いてしまった。

「見抜けなかった私が悪いんです」

別れを渋ったのは、内定が出るまで粘ったからだと知ったとき、とことんみじめになった。

「そんなわけないだろ」

来栖さんは、怒りをむき出しにして少し乱暴な言い方をする。

紳士的で心穏やかな人だと感じていたので、びっくりだった。けれどももちろん、嫌なわけではない。

「取り乱してごめん。頭に血が上って……」

「いえ」

私が瞬きを繰り返しながら見ているのに気づいた彼が謝ってくるものの、悪いところなどひとつもない。

「来栖さんも感情に任せて怒ったりされるんですね。少しくらい嫌なことがあったからといって、怒ったり泣いたりするのはいけないことなのかなと思ってましたけど、来栖さんほどの方でもそうなんて、ちょっと安心しました」

そう発言してから、彼を非難しているように聞こえたのではないかと我に返る。

「……すみません、私、失礼な……」

慌てて謝罪すると、座卓の上の右手を突然握られて目を瞠る。

「ずっと我慢してきたんだね。悔しいことがあっても、泣きもわめきもせず、心に秘めて」

そう指摘された瞬間、不覚にも大粒の涙が頬にこぼれる。

「ごめんなさい。これは……」

左手で慌てて拭うと、彼は立ち上がって私の隣にやってきた。

「泣いたっていいんだ。耳が聞こえないのは、藤代さんのせいじゃない。君はこんなに努力しているのに、それを利用した男が悪い」

そしてそうささやくと、私の肩を抱き寄せる。

「ここには俺しかいない。泣きたいだけ泣けばいい」

その言葉をきっかけに、涙が止まらなくなってしまった。

ああ、私はずっと泣きたかったんだ。

あんなひどい仕打ちをされたのに、耳が聞こえない自分が悪いのだと無理やり納得しようとして、泣くことも忘れていた。

あれから年月が経ち、平気になったつもりだった。でも、心に刺さった棘はいまだ抜けていなかったのだ。

来栖さんは声を殺して泣く私を優しく抱きしめてくれる。

知り合って間もない上司にこんな醜態をさらすなんて、とも思ったけれど、涙は止まらなかった。

彼はそれからひと言も発せず、ただ私を抱きしめ続ける。きっと迷惑だと思いながらも、温かい胸にすがってしまった。

散々泣いて少し気持ちが落ち着いてくると、抱きしめられているのが妙に恥ずかしくなり、顔を伏せたまま離れる。

「……すみません」

「泣けと言ったのは俺だぞ。顔、上げてごらん」

「いいから」

涙でぐちゃぐちゃになった顔を見られるのが恥ずかしいのに、彼は少し強引に私の顎を持ち上げる。そして、ポケットからハンカチを取り出して、涙を拭いてくれた。

「ちょっと目を閉じて」

子供がお世話されているみたいだと思いつつ、言う通りにまぶたを下ろす。すると彼は、指でなにかを取り除いた。

「まつ毛ついてた」

「あっ、ごめんなさい」

そんなことまで気を使わせて申し訳ない。

目を開けたのに、彼は顎から手を離してくれない。私に熱い眼差しを注いだまま動かなくなった。

「結婚、しようか」

至近距離で見つめられ、鼓動が高鳴っていく。

「え……？」

「彼氏がいらないなら、夫はどう？」

話が即座に呑み込めず、ただただ瞬きを繰り返す。すると彼はようやく顎から手を離し、今度は私の手を握った。

「今日……打ち上げというのは半分口実で、告白するつもりで来たんだ。でもそんなトラウマがあるなら、もういっそ結婚から始めないか。俺は藤代さんを利用するつもりなんて微塵もないし、ずっと気になっていた君に会えて、生涯をともにするのはこの人しかいないと確信した。好きなんだ」

私を、好き？

彼の告白が信じられず、言葉が即座に出てこない。

「迷惑なら突き放してくれても構わない。だけど、俺は君をあきらめるつもりはない」

彼の強い視線に縛られて少しも動けない。呼吸をするので精いっぱいで、なにを考えたらいいのかわからなくなった。

「聞こえた？」

「は、はい。突然すぎて、なんとお答えしたらいいのか……」

正直な言葉を漏らしては失礼ではないかと思ったけれど、彼は怒っている様子もない。それどころか、かすかに口の端を上げて苦笑している。

「それもそうだな。さすがに今日プロポーズまでするつもりはなかったんだけど、俺は結婚を前提として、絶対につかまえるつもりで告白しに来たから」

彼はばつの悪そうな顔で言うも、その目は真剣だ。とても冗談を言っているようには見えなかった。

「お手紙でつながっていたとはいえ、帰国されてまだ一カ月ですよね。その間、たくさん助けていただきましたけど、仕事の話ばかりでしたし……」

結婚を考えるほど私を知ってもらえたとは思えない。

あんなつらい経験はもう二度としたくない。安易に告白を受け入れて傷つくのは怖いという気持ちが先走る。

「実は手紙をもらって、藤代さんのことが気になりだしてから、真山さんにいろいろ教えてもらってた。最初は仕事ぶりを聞いてたんだけど、俺が惹かれてるのに気づいたんだろうね。そのうち、君のいいところなんかを教えてくれるようになった」

まさか、真山部長とそんな話をしていたとは。

「帰国が決まった頃、今回の学生服の催事の責任者に推したいという相談もされて、そこで初めて藤代さんの左耳が聞こえないことを知ったんだ」

「……がっかりされましたよね」

「どうして？　俺は藤代さんを責任者にするのは大賛成だと返事をしたし、耳のことがっかりは驚いたけど、片耳難聴がどういうものなのか勉強しようと思っただけで、なんてまったく。そもそも真山さんが俺にそのことを打ち明けなかったのは、俺がそんなことを気にするわけがないとわかっていたからだ」

彼らふたりの間には仕事の関係以上に強い絆があるのだろう。でも、やっぱり私に惹かれたというのが信じられない。

「売り場で初めて藤代さんの姿を見かけたとき、それだけで感動したんだよね、俺。それくらい会いたくてたまらなかった」

初日にスタッフの前で挨拶していたときのことだろうか。

「でも、勤務中だと気持ちを切り替えて、藤代さんの仕事ぶりをしっかり見せてもらった。そうしたら真山さんが話していた通りで」

「真山部長は、なんとおっしゃっていたんでしょう」

不安すぎて尋ねる。

そもそも学生服の催事の前はいちスタッフとして様々な催事にかかわっていただけで、大した功績もなければ、目立つような行動をした覚えはない。

「お客さまの立場に立ったきめ細かい配慮ができる。携わる催事については丁寧な下調べを欠かさず、質問の受け答えの引き出しが多い。今、百貨店がもっとも必要とする付加価値を十分にお客さまに与えられる人」

「そんな。大げさです」

価格競争が激しい世の中になってきて、価格帯の高い商品を扱う百貨店も苦境に立たされている。しかし、いつもセールで価格を下げては、東郷百貨店の価値そのものを下げ、淘汰(とうた)される未来がやってくるはずだ。

そこで、真山部長が先頭に立ち、〝お客さまに価格以上の満足を〟という目標に向かって走ってきた。

売るだけでなくアフターフォローを丁寧にするだとか、商品を選んでもらう際にできるだけ多くの情報を伝えて、選択の参考にしてもらえるようにするだとか、一応努力はしているつもり。

とはいえ、それはただの自己満足で、真山部長の理想に近づけていた自信はない。

「そうかな。今回の催事を見ていて、俺もそう感じた。従業員をうまく回すための気配りだけでなく、とにかくお客さまへの対応が素晴らしい。聞かれたことに絶対にわかりませんとは言わないし、校則まで調べてあるとは脱帽だった」

「見ていらしたんですか？」

スカート丈など校則で厳しく決められている学校もあり、短めを希望する娘を心配する母親を見て、とっさに調べてあった校則一覧をめくったことがあったのだ。

そのときは、希望したスカート丈ではダメなことがわかり、ひざが出てはならないという校則の範囲内に収まるものを販売した。

「うん。忙しそうだったから声はかけなかったけどね。中には『大丈夫だと思いますよ』なんて適当な発言をして売ってしまう従業員もいる。過去にそれでトラブルになったことがあるのを知っていたんだろ？」

私はうなずいた。昨年、そうやって対応したスタッフがいて、あとでクレームが入ったと聞いた。

校則を知らなければあいまいな返事しかできないと思った私は、責任者に指名されてからできるだけ校則を調べて、そのリストを必要なときに確認できるように催事場のバックヤードに置いておいたのだ。

「調べるの、大変だったよね」

「そうですね。学校に問い合わせても、あやしい人扱いされて……」

正直に告白すると、来栖さんは吹き出している。

「それでどうしたの？」

「電話やメールでは教えていただけなかった学校には、名刺と社員証を持って直接伺いました」

仕事の時間外で対応したため大変だったけれど、おかげで今後も使える資料ができたと思っている。

「サービス残業しただろ」

「はい……」

「これからそういうときは、必ず相談して。藤代さんひとりに負担はかけないし、もちろん手当ても出す。ブラックだからと藤代さんに逃げられたら、たまらない」

先ほどから、彼の口から飛び出す言葉の一つひとつが、自分に向けられたものだとは信じられない。

「あー、また仕事の話になってる。口説いてたのに」

肩を落とす来栖さんに、今度は私が吹き出しそうになった。

「ごめん。俺、東郷百貨店の歴史をつないでいく覚悟をして戻ってきたんだ。だから、結婚しても仕事の話で熱くなるかもしれない。でも、藤代さんのことは必ず幸せにする」

やはり、トップに立つ未来を見ているんだ。

まだ彼の仕事ぶりを深く知っているわけではないけれど、短期間かかわっただけでもトップに立つ者の片鱗をうかがえた。

ヨーロッパに単身で修業に行っていたのも、きっと東郷百貨店をより充実させるために必要な年月だったのだろう。バイヤーをしながら、あちらのデパートのノウハウを学び、満を持しての帰国だったに違いない。

それはなんとなく感じていたけれど……私と結婚というのは本気なの？

「あの……」

生涯の伴侶どころか彼氏すらいらないと思っていたのに、突然プロポーズされてもどう答えたらいいかわからない。

「俺のこと、嫌い？」

「まさか」

嫌いどころか、素敵な人だと思っている。ただ、彼女とか妻という立場になるとは考えてもみなかったので、戸惑っているのだ。

それに、あのトラウマのせいで一歩踏み出すのが怖い。

とはいえ、手紙のオリバーさんがずっと気になっていたのは否定しない。裏切られてぽっきり折れてしまった心を修復してくれるかのような優しい言葉の数々が並んでいて、いつも癒されていた。

彼と話していると、あの手紙の主と同じ温かさを感じた。

難聴をカバーすべく工夫してもすべてうまくいくわけではなく、へこむこともしばしばだ。だから努力を見てくれたり、どうすべきか一緒に考えたりしてくれる人がいるのはとても心強いのだが、なかなかいないのが現実だった。

皆それぞれ忙しいし、甘えるわけにはいかない。ただ、同じ目標を達成するために、人よりちょっと多めの努力を重ねているのは事実で、それに気づいてくれる人がいると本当にうれしい。

それが来栖さんなのだ。

「それなら、考えてくれないだろうか。もちろん、付き合いを深めてその先に結婚を見据えてもいい。だけど、藤代さんはそれでは不安じゃない？」

めちゃくちゃなことを言っているようで、私の過去を気にかけてくれているのが伝わってくる。

結婚という、簡単には破棄できない契約を結ぶというのだから、元彼とは違う。真剣に将来を考えている証（あかし）なのかもしれない。

そう思う一方で、あまりに結婚を急ぎすぎていて、かえって不安だ。本当に私を慮（おもんぱか）ってくれているなら申し訳ないけれど、それはそれで裏があるのではないかと思えてしまう。

といっても、地位や財産といった皆が欲しがるものをなにもかも持っていそうな彼が、どちらかというと社会からあぶれた位置にいる私を妻にしたところで、なにかメリットがあるとも思えないのだけれど。

「そう……なんですけど」

どうしよう。すぐに答えなんて出せない。どう転んでも不安が拭えそうにないのだ。

「ごめん。急に困るよね。でも、俺は本気だから。今日はそれを伝えられただけで十分だ。冷めるね、食べようか」

来栖さんは優しく微笑み、自分の席に戻っていく。そして再び箸を手にした。

「告白しておいて信用ならないかもしれないけど、絶対に藤代さんに嫌われるようなことはしないから、もっと飲んで」

徳利を差し出す彼は、どこかばつの悪そうな顔をしている。

その複雑な表情を見て、彼には邪な考えなどないようにも思えた。私を陥れるつもりなら、逆にもっと堂々としていそうだ。

「はい、いただきます」

せっかく連れてきてくれたのに、居心地の悪い時間になっては申し訳ない。笑顔で猪口を手にすると、彼はようやく安心したように頬を緩めた。

それからは、恋愛の話は一切しなかった。その代わり、仕事の話で大いに盛り上がった。

「藤代さんと話していると勉強になるよ」

「私の話なんて参考にしないでください」

「どうして？　現場の視点は大切にしたい。売り場がうまく回っていると、なにが過剰でなにが不足しているのか、俺たちでは気づけない。率直な意見が欲しいんだ」

真山部長が指揮を執りだしてから、売り場の雰囲気もよくなったし、従業員それぞれの適正に合わせた配置換えもずいぶん進んだと聞く。とはいえまだ課題はあるのだけれど、来栖さんならもっと働きやすい環境を作ってくれると確信した。

「これは失礼な質問かもしれないけど」

そんな前置きをする来栖さんは、箸を置いて私をまっすぐに見つめる。瞬時に緊張が漂い、背筋が伸びた。

「耳が不自由な方にとって優しい接客ってなんだろう。聞こえないことで苦労している君に聞くのは配慮がないかもしれないけど、東郷のこれからのために意見をもらえないだろうか」

彼の質問に、目から鱗（うろこ）が落ちるようだった。

今まで私は、接客する自分自身の工夫について考えるので精いっぱいだった。同じように困難を抱えているお客さまのサポートが自分にできるとは、思いもしなかったのだ。

「そっか。私にも役に立てることがあるんですね」

「藤代さん？」

「なんだ。お荷物になるだけじゃないんだ」

もし、困っている人の役に立てるなら、こんなにうれしいことはない。

「当然だ。お荷物だなんて思ったこともない。期待してるって言っただろ？」

「はい」

自信満々に答える彼に、大きな声で返事をした。

来栖さんとの打ち上げは、思いがけずプロポーズをされるというサプライズ付きでびっくりしたけれど、終始楽しく話ができた。

久しぶりに頬が赤く染まるくらいにお酒を飲んで、大仕事を無事に乗り切ったご褒（ほう）美（び）をもらった気分。もちろん帰りはマンションまで送り届けてくれたが、プロポーズについては触れもしなかった。

青空が広がり、春を感じる心地よい風が頬を撫でる翌朝。素敵だと思っている男性から求婚されたせいで少々気持ちが舞い上がっている私は、元気に出勤した。

「お疲れさまです」

次に携わる催事は、私も大好きな北海道展。午後から担当者たちを集めての説明会があるので出席している。

売り上げが大きいこの催事は責任者ではなく、いちスタッフとして参加する。催事での責任者は、当日の現場の仕切りや売り子として走り回るだけではなく下準備もしなければならないため、交代で行うのだ。

「ねえ、あの子よ。耳が……」

会議室に入ったとき、そんな声がどこからか聞こえてきた。しかし、声がする方向がわからず、誰が話しているのかまでは知る由もない。しかもその先は喧噪にかき消されて聞き取れなかった。

こうして好奇の目で見られるのはもう慣れた。とはいえ、辻口さんを思い出してしまい、ため息が出そうになる。あそこまであからさまに嫌みをぶつけてくる人は少ないけれど、足手纏いだと思っている人はひとりやふたりではないはずだ。

気にしていても仕方がないとイスに座ると、この催事の責任者で四十代前半のベテラン女性社員、井戸さんが入ってきて説明会が始まった。

今回私は、バックヤード担当になったようだ。役割の振り分けを担当している井戸さんが、どうやら私の左耳について知り、お客さまの前には立たないように配慮してくれたらしい。

今まで様々な工夫をして乗り切ってきたため、難聴を理由に売り子を外されるのは少し残念ではあるけれど、バックヤードも忙しい。与えられた仕事を全力で取り組むのみだ。

説明会を終えて、明日からの催事に備えて準備に入ろうとすると、廊下の向こうから真山部長が歩いてくるのが見えた。

「お疲れさまです」

「お疲れ。ちょうどよかった。藤代さん、少し時間ある？」

「はい」

挨拶をして通り過ぎようとすると、呼び止められて近くの会議室に入った。

「申し訳なかった」

ドアを閉めると同時に、深々と頭を下げられて戸惑う。

「えっ……どうされたんですか？」

謝られるようなことはなにもないのに。

「辻口さんの件。彼女の処遇には少々困っていたんだけど、俺がもっと早く対処できていれば藤代さんを傷つけずに済んだのに。反省してる」

「やめてください。真山部長のせいではありません」

簡単に辞めさせられない雇用形態だったのだし、そもそも彼は人事ではない。

「それに、大丈夫ですから。来栖さんが助けてくださったので、お客さまに迷惑をかけずに済みましたし」

そう答えると、彼は優しく微笑む。

「お客さまに、か。文哉もお目が高い」

真山部長は来栖さんを下の名で呼ぶ。それが、ふたりの関係の深さを思わせた。

それにしても、お目が高いとは？

「耳のことで、しなくていい苦労をしてると思う。部署を代わってしまったけど、俺にも手伝えることがあれば遠慮なく言って。もちろん、その前に文哉が全力でサポートするとは思うけど」

「ありがとうございます。真山部長には、学生服販売の催事を任せていただけて感謝しています。すごく勉強になりました。……来栖さんと、仲がよろしいんですね」

「そうだね。実は文哉、大学を卒業したら営業本部で働く予定だったんだよ。それで、入社前に何度も顔を合わせていて。だけど、創業家一族だからと優遇されるのも、大した実績もないのに昇進していくのも嫌だと言うんだ。俺なら、大喜びで乗っかるのに」

真山部長は茶化した言い方をする。

「それじゃあ外で修業してみたらどうだと話した。乗り気だったから、仕事を通じて親しくしていたイギリスのデパートの担当者と引き合わせて、単身で乗り込んだんだよ」

そんなやり取りがあったとは。

「すごいですね、来栖さん」

「そうだね。あえていばらの道を選ぶんだから、変わり者だね。でも、行って正解だった。短期間で会社を引っ張るだけの器を身につけて帰ってきた。孤軍奮闘していたからかメンタルは強いし、一を聞いて十を知るという感じ。さっさとトップに立ったらいいのにと思ってる」

真山部長が認めるほどの成長ぶりを見せた来栖さんは、それだけ努力をしたのだろう。来栖さんの能力の高さは、一カ月かかわっただけでも伝わってくる。

「で、その文哉が少し参ってるみたいなんだよ」

「なにかあったんですか？」

尋ねると、真山部長は意味ありげな笑みを浮かべる。

「文哉、ずっと好きな人がいるんだ。それはそれはしつこいほどに、俺に近況を教えてくれと国際電話をかけてきて。電話代にいくら使ったのか聞くのも怖い」

それは私のこと？

「ようやく会えて暴走したらしい。交際をすっ飛ばしてプロポーズしたとか。いきなり困るよね。でも、俺が保証するから」

「えっ？」

「文哉の本気度。藤代さんにとっては突然だったかもしれないけど、文哉には、もうずっと待ちわびた瞬間だったんだ。もちろん無理強いはできないけど、本当にいいやつだから。真剣に考えてやってくれないか」

真山部長がそう言うからには、裏などないのだろう。元彼からの仕打ちのせいで疑ってしまったけれど、そんなに強く想ってくれているとは、感激だ。

「……でも私、耳が」

左耳に触れて漏らすと、彼は首を横に振る。

「文哉に、藤代さんが実は片耳が不自由な従業員だと伝えたとき、なんと言ったと思う？」

「なんでしょう」

「『苦労してきて他人の痛みがわかるから、人一倍優しいんだろうな。もっと頑張らないと、俺は選んでもらえないな』って」

私が選ぶ側だなんて、ありえない。

けれど、難聴であることにまったく戸惑いを見せなかった来栖さんの様子を知り、うれしかった。気にしないでくれる人もいるのだと。

「来栖さんが、そんなふうに……」

「うん。文哉が暴走して困ったら、俺が叱るから話して。弟みたいな存在なんだ。あいつには、いろんなしがらみがある。でも、幸せになってほしい」

しがらみ……。やはり御曹司という立場は、私が想像するよりずっと重いのかもしれない。期待だらけで失敗は許されそうにないし、少しでも選択を誤ればバッシングを浴びそうだ。私のようないち社員とは違う。

来栖さんはそれをわかっていながら、日本に戻ってきて東郷百貨店の歴史をつなごうとしているに違いない。

「ありがとうございます。正直に言うと、なにか企んでいらっしゃるんじゃないかと不安だったんです」

そう打ち明けると、真山部長は肩を震わせて笑っている。

「やっぱりそうだよね。物事には順序があるんだぞと話したら、しょげてた。だけど、藤代さんのことだけは、なにがあってもあきらめないって。文哉が本気だということはわかってやって」

「はい」

彼と話せてよかった。心の中の靄が吹き飛んでいく。

「そういえば、今年もヨーロッパの文具展やるって。責任者は決まりだね」

任せてもらえるんだ。しかも、来栖さんと知り合うきっかけとなった文具展だなんて最高だ。

「精いっぱい頑張ります」

「うん、期待してる。外商も文具の注文取ってくるつもりだから、よろしく」

「はい、よろしくお願いします！」

学生服の催事の責任者をやって、あんなにへとへとになったばかりなのに、任せてもらえるのがこれほどうれしいなんて。

きっとまた大変な日が続くだろうけれど、やり遂げたときの充実感をもう一度味わえると思えばどれだけでも頑張れる。

元気に返事をすると、うなずいた真山部長は会議室を出ていった。

真山部長から来栖さんが真剣に私のことを考えてくれていると教えられて、気持ちが大きく動く。

手紙だけでなく、真山部長に電話をかけては私の様子を聞いていたという来栖さん。

片耳が聞こえないことに嫌悪感を示すどころか、常に私の負担がどうしたら減るのかを考えてくれる姿勢がありがたくて、彼のプロポーズをますます強く意識し始めた。

好きだ、大好きだ　Ｓｉｄｅ文哉

「真山さん、俺……大失態を犯しました」

打ち上げという口実で誘った、藤代さんとのデートの翌日。真山さんとランチに行ってそう告白した。

「それで、どの仕事？」

真山さんは本店近くの『リアン』というカフェレストランで、心配そうに俺の顔を覗き込む。

「仕事じゃなくて――」

藤代さんにいきなりプロポーズしてしまったことを打ち明けると、口に手を当てて笑っている。

「真剣に悩んでるのに失礼です」

「ごめん。文哉らしすぎて。即断即決はお前の武器だけど、恋愛にまで発揮しなくても。物事には順序というものがあるのを知ってるか？」

「もちろん知ってますけど、過去に男にひどい裏切られ方をしたみたいなんです。それで、彼氏なんていらないと言うので、俺は結婚を見据えていると伝えたくて。まあ、暴走した自覚はあります」

元彼の話を思い出すだけで、ぶん殴ってやりたい気持ちがふつふつと湧いてくる。彼女は必死に生きているのに、傷つけて利用するなど言語道断。男性不信になっても仕方がないと思えるような出来事だ。

けれど、藤代さんをあきらめるつもりはまったくないのだ。

「文哉にとっては、待ちに待った出会いだっただろうし、わからないではないけど、藤代さんにとってはそうじゃないんだぞ」

「わかってます。でも、言葉を交わせば交わすほど、絶対にほかの男には渡したくないという気持ちでいっぱいになるんです」

彼女との会話の機会はまだ少ない。しかも、そのほとんどが仕事の話だ。しかし、十分に誠実さは伝わってきたし、左耳が聞こえないというハンディキャップを抱えながらも決してあきらめない強い女性だともわかった。

ほかの仲間と同じように働きたいという気持ちの大きさも、そのための努力を怠らない姿勢も、全部俺を虜(とりこ)にしたのだ。

「そうか。まあ、よかったよ」

「嫌われたかもしれないのに、なにがよかったんですか」

髪に手を入れかきむしりながら言うと、真山さんはにやりと笑う。

「そういうお前の姿見られたし。イギリスに渡る前は、魂が抜けたような顔をしてただろ。敷かれた立派なレールがあるのはありがたいことだけど、このままじゃダメになる、自分で自分の人生を切り開きたいって」

たしかに、そう口走ったような。

兄のように慕っている真山さん以外には打ち明けたことのない本音だった。

彼は、初めて俺の心の中に触れようとしてくれた人なのだ。

俺にどんな意思や考えがあろうとも、それより東郷百貨店を継ぐことのほうが大切で、父にはなにも受け入れてもらえなかった。どこかであきらめていたのだが、真山さんに『自分の人生だぞ』と言われて我に返り、そう漏らしたのを覚えている。

あのとき思いきって胸の内をさらしたから、今がある。真山さんは、『文哉さんは少し鍛えたほうがよさそうです。このままではつぶれてしまうかもしれません』と父をうまく言いくるめて、イギリスのデパートと交渉して俺を送り込んでくれた。おかげで、うしろ盾がなにもない場所で経験も積めたし、自信もついた。東郷百貨店の歴史を背負う覚悟もできたのだ。

「あの頃、結婚もあきらめてただろ」

「鋭いですね」

その通りだ。

父がお見合い写真を何枚も用意して俺に見せてきた。まるでこの中からしか結婚相手を選ばせないというような圧を感じて、辟易していたのだ。それで、言いなりの人生なんて歩きたくないと、恋愛自体を放棄していたところがある。

「その来栖文哉がだよ、熱く愛を語ってるんだ。藤代さんは、干からびていたお前を復活させた救世主だな」

オニオンスープを口に運んだ彼は、どこか楽しそうだ。

「干からびてたわけでは」

そう言いつつ、本当にこの人はよく見ているんだなと感心する。藤代さんこそ、冷めていた俺の心に温かな空気を吹き込んでくれた、まさに救世主なのだ。

たった一通の手紙でなにがわかると言われればその通り。でも、現場の売り子からお礼の手紙をもらうなんて初めてだったし、丁寧な感想と感謝の気持ちがつづられたあの手紙からは、彼女の優しい人柄が垣間見えた。

一通で終わりだと思っていたのに、思いがけずその後も続いた手紙のやり取りは、日々戦闘態勢をとっていなければならない俺の癒しだった。丁寧に書かれた文字を見るだけで疲れが吹き飛んだのだ。

メールや電話ではなく直筆の手紙というのも、なかなかよかったように思う。声が聞きたくて何度か電話番号を尋ねようとしたことがあったけれど、それをしてしまったら心地よい関係が崩れるのではないかと恐れて、あえてしなかった。

手紙ではすぐには言葉を交わせず悶々としたこともあったが、だからこそ貴重な返事が来るのが楽しみだった。

ルームシェアをしていたオリバーが、一日に何度も郵便受けを確認する俺を見て、『もう会いに行けば？』と笑っていたくらいだ。

それに加えて、真山さんからの彼女に関する情報で、完全に恋に落ちたのだ。

もちろんプロポーズまでしたのは、帰国して本人と会い、思っていた通り、いやそれ以上の女性だと確信したからではある。

「だけど、藤代さんはよくぞ見つけたと思うような人だ。藍華も太鼓判を押してた」

藍華さんは真山さんの愛妻だ。本店の受付嬢をしていた彼女は、出産を機に一旦退職。しかし、バックヤードの経験もあるため、繁忙期やどうしても人手が足りないときは助っ人として手を貸してくれる。

　実は学生服の催事も、旧姓の西里という名で手伝ってもらった。真山さんの妻だと知られると変に気を使われるからという理由だ。そのため、藤代さんも気づいていないはず。

「そうでしたか」

「あんなに頑張る人知らないって。ただ、耳のことで負い目を感じていて手を抜けないんだろうけど、あれじゃあいつか倒れてしまうと心配もしてた。周りに助けてもらうのが苦手そうだと」

　周囲に助けを求められないのは、今までにつらい経験をしてきたからではないだろうか。辻口さんのように悪意を持って接してくる人もいたはずだ。だから自分の殻にこもりがちになるのだ、きっと。

「そうですよね」

　俺がカニクリームコロッケに刺したフォークを置くと、真山さんが強い眼差しを送ってくる。

「文哉の出番だ」

「俺の？」

「プロポーズしたからには、いい返事をもぎ取れ。ただし、藤代さんの気持ちを第一に考えるんだぞ」

「もちろんです。彼女をあきらめるつもりはありません」

俺のプロポーズにあきれているのかと思いきや、応援してくれるようだ。いや、あきれてはいるのかもしれないが。

ことを急ぎすぎて藤代さんに嫌われたかもしれないと落ち込んでいたものの、真山さんと話して気持ちがよりはっきりした。

俺は藤代さんが好きで、結婚するなら彼女しか考えられない。裏切り男のせいで凍った彼女の心を溶かすのにどれだけ時間がかかろうとも、絶対にあきらめない。

「それにしても……仕事なら幹部相手でも甘い意見にズバズバ物申すくせして、彼女のことになると弱腰なんだな」

真山さんはチキンのソテーにナイフを入れながら、クスクス笑っている。

「真山さんだって、藍華さんのことになると目の色が変わるじゃないですか。先日だって、男性客と親しげに話してるところを見て、しばらく売り場から離れなかったですよね」

「見てたのか」

催事場で男性客に捕まって対応していた藍華さんを見つけた真山さんは、用はないはずなのにしばらく近くでうろうろしていた。

「はい、ばっちり」

「好きな女には弱いんだな、男は」

真山さんがしみじみ言うので、俺は深くうなずいた。


翌日から、また精力的に働いた。営業本部が仕切っているのは催事だけではなく全売り場なので、いくらでも仕事があるのだ。

「来栖部長、新しいパンフレットについてですが」

テナントの入れ替えがあるので、館内案内のパンフレットを一新するのだが、その提案書を部下から預かった。

「ありがとう。目を通してバックする」

「お願いします」

提案書を手にして確認し始めると、ふと藤代さんの顔が浮かんだ。

彼女ならなんと言うだろう。

そう考えるのは、先日彼女に〝耳が不自由な方にとって優しい接客〟について尋ねたからだ。予算の都合もあるし、すべてのお客さまに百パーセント満足してもらうのは無理かもしれない。しかし、できる範囲で困っているお客さまへの配慮を考えるのは、ライバルデパートとの差別化にもつながる。

連絡、してみるか……。

彼女は次の催事にいそしんでいるはずだが、今回は責任者ではない。少しは時間に余裕ができたのではないかと思いスマホを取り出したものの、メッセージを打つのをためらった。

彼女に会うための口実みたいだと思ったからだ。実際、そういう気持ちがないとは言いきれない。

――仕事をないがしろにしては、絶対に選んでもらえない。

俺は気持ちを切り替えて、その後の仕事に没頭した。

北海道展のバックヤードで働いている藤代さんから【お話があります。お時間を作っていただけませんか】というメッセージが入ったのは、その翌日。

受け取ったときは、息が止まりそうになった。プロポーズを断られるのではないかと思ったからだ。

すぐに返事ができないでいると、もう一通受信した。

【耳が不自由な方についての対応を考えてみました】

それを読んだ瞬間、全身の力が抜けた。

しかし、自分も仕事がある中で真剣に考えてくれていたことに、笑みがこぼれる。

やはり彼女は真面目で誠実な人だ。

余計な負担をかけてしまったと反省したものの、彼女はそんなことを気にしてはいないように思えた。

その日、早速会うことになったものの、やはり緊張は隠せない。あんなふうに突然気持ちを押しつけてプロポーズして、どう思っているのかと不安なのだ。

とはいえ、真山さんに宣言した通り、あきらめる気はまったくない。

待ち合わせは本店近くの喫茶店にした。職員玄関でもよかったのだが、余計な噂を立てられては彼女に悪い。

約束の十九時少し前に到着すると、十五分ほど過ぎてから彼女もやってきた。

「お待たせしてすみません。少し残業になってしまって。でも走るのが怖くて」

「怖い？」

「なんでもないです」

彼女は即座に発言を取り下げたけれど、おそらく耳に関することだろう。

「とりあえず、移動しようか」

「えっ？　ここでお話するのかと」

「ここでは騒がしいよね」

この時間になると、さすがに大混雑はしていないけれど、たくさんの音が飛び込んでくる。もし俺の声が聞こえたとしても、相当集中しなければならず疲れるはずだ。

「もう前回みたいに迫ったりしないから」

少々ばつが悪いものの付け足した。嫌われるようなことだけはしたくない。

「はい。ご配慮ありがとうございます」

彼女は少し申し訳なさそうに、しかし安心したのか顔をほころばせた。

近くのイタリアンレストランの個室に入り、まずは注文を出した。ノンアルコールのシャンパンで乾杯したあと、彼女はテーブルに書類を置く。

「まとめてくれたの？」

「大したことは書いてないんですけど、気になっていることを」

口頭で話すだけだと思っていたので拍子抜けだ。

「大変だったよね。ごめん」

「いえ。うれしかったので」

「うれしい？」

彼女はきらきらした笑顔でうなずく。

「はい。私たちのようなマイノリティの人間にも気づいていただけて」

「マイノリティって。たしかに世の中、多数派に合わせた社会ができているけど、どちらも尊重されるべきだ」

おそらく、想像もつかないようなつらい局面を何度も乗り越えてきたのだろう彼女は、きっと自信がないのだ。けれど、両耳が聞こえても誰かの心を引き裂くような言葉を口にする者より、ひたすら努力を重ねて、傷ついてきたからこそ他人に優しい彼女のほうが、人間としてずっと優れている。

「そんなことを言ってくださるのは、来栖さんだけです」

恥ずかしそうに微笑んでうつむく彼女に見惚れる。

困難があろうとも、前を向いて進む彼女がやっぱり愛おしい。

「それじゃあ、もっとたくさんの人に気づいてもらわないとね」

「なにをですか？」

「藤代さんの魅力」

俺がそう言うと、彼女はきょとんとしている。

「たくさんありすぎて、とても語りきれない。だから好きになったんだよ。……って、こういう話はなしだったね。ごめん」

つい本音があふれて謝罪した。嫌ではなかっただろうかと様子をうかがったものの、照れくさそうにしているだけでほっとする。

「それで、聞かせてもらってもいい？」

「はい。まずは――」

驚くことに、彼女は聴覚だけでなく、視覚や言語、はたまた身体のどこかに困難を抱えている人たちへの配慮すべき点を羅列してくれていた。

「これ、すごいね。参考になる」

俺たちでは気づけない配慮に関してまで網羅されていて、正直驚いた。

「全部できないのはわかっています。ただ、こうしたことを従業員が知っているのと知らないのとでは、ずいぶん違うかと」

「そうだね。ハード面での配慮には限界があるから、あとは困っているときにすっと差し出せる人の手だ。研修をして人を育てていかないと」

そう答えると、彼女は頬を緩めてうなずいた。

「私、学生服の催事で、誰かに助けを求めることは恥ずかしくないんだと知りました。西里さんというパートの方が、話しかける前に肩を叩いてくれたり、正面に立って話してくれたり、私が困らない対応を積極的にしてくださって。それを見て、ほかの方たちも真似するようになったんです。皆さん、どう対応したらいいのかわからないから戸惑うんだと気づきました」

彼女もひとつ学びを得られたとしたら、うれしい。

「西里さん、真山さんの奥さんなんだよ」

「え⁉」

目を真ん丸にして驚いている。やっぱり知らなかったか。

「そっか……。すごく素敵な方でした」

「うん。でも、藤代さんも素敵だよ」

しまった。こういう発言は控えるべきなのに、どうしても自然と口からこぼれてしまう。

少し気まずくなったところに料理が運ばれてきて救われた。

「わー、すごい」

俺が注文したワタリガニのトマトソーススパゲティには、大きなカニがドンとのっている。

「食べる？」

「いえ、そんな」

「実はそれもちょっと気になってて」

彼女が注文した牛すじ肉のラグーソースパスタに視線を送って言う。

「気がつかずにすみません」

「いやいや。食い意地張っててごめん」

「たくさん食べる方、好きですよ」

藤代さんの口から『好き』という言葉が出ただけで、心臓が跳ねる。相当重症だ、俺。

「こんなふうに誰かと楽しく食事をシェアした経験がなくて……。でも、もし……」

彼女から笑顔が消え、緊張しているのが伝わってくる。どうしたのだろう。

「もし……来栖さんがお嫌じゃなかったら、またしてほしいなって」

「もちろんだ」

そんなお願い、お安い御用だ。いや、俺からお願いしたいくらいなのに。

「私、なんでもひとりでこなせると肩肘張った生活をいつまで続けられるんだろうって不安で。本当は、ずっとひとりで生きていくのは怖いんです」

「うん」

声を震わせながら胸の内を明かしてくれる彼女を、今すぐに抱きしめたい。しかし、必死に言葉を紡ぐ彼女を見守ろうと思った。

「でも、元彼のこともあって、二度と裏切られたくない。もし恋愛するなら、真剣に結婚を考えるような方でないともう嫌なんです」

「結婚しよう」

気がつけば、もう一度プロポーズの言葉を口にしていた。すると彼女は落としていた視線を上げ、俺の目をしっかり見つめる。

その瞳には不安の色がにじんでいるけれど、必ず明るい明日を見せてやる。

「来栖さんのお気持ち、すごくうれしくて……。うなずけたらどんなにいいかって、何度も考えました」

それならうなずいてくれ。絶対に幸せにする。

そう叫びたかったが、彼女の胸の内を吐き出させるのか先だとこらえる。

「でも、きっと来栖さんが考えている以上に苦労がつきまといます。迷惑ばかりかけてしまう。あとで、やっぱりやめておけばよかったと言われたら、立ち直る自信がないたいんです」

唇を噛みしめる彼女が、懸命に本音を伝えようとしているのがわかる。たくさん傷ついてきたせいで、こうしたことを口にするのも怖いのではないだろうか。

「それに、来栖さんは東郷百貨店をお継ぎになるんでしょう？　そんな方の妻の耳が不自由だなんて、周りが認めてくれ――」

「俺が説得する」

父はおそらく反対するだろう。藤代さんでなくても、自分のお眼鏡に適う女性でなければ、誰を連れていっても拒否するはずだ。でも、誰に反対されようが、彼女への気持ちは変わらないと断言できる。

「きっと、後悔します」

「俺は、そんな軽い気持ちでプロポーズしたんじゃないよ。藤代さんの苦労を全部わかっているわけじゃない。だから、想像もしない困難があるかもしれない。でも、一緒に乗り越えていく覚悟はあるし、藤代さんが俺を受け入れてくれるなら、一生離さない」

偽らざる気持ちをぶつけると、彼女はしばし黙り込む。

今までの経験から、新しい一歩を踏み出す勇気が必要なのは理解できる。でも、頼む。俺を信じてくれ。

心の中で念じながら、もう一度口を開く。

「君を逃がしたら後悔する」

「来栖さん……。でも私、来栖さんに迷惑をかけたらと思うと怖くて」

彼女はどこまでも優しい。自分の気持ちより、俺の心配をする。

「迷惑なんていくらでもかけてくれ。きっと俺だってかける。ふたりで乗り越えればいいじゃないか。俺は、藤代さんとでないと幸せになれないんだ。藤代さんのことは、俺が全力で幸せにする」

彼女の大きな目から、涙が一粒こぼれて頬を伝う。

「私……。来栖さんが好き、です」

彼女がそうささやいた瞬間、胸に言い知れない喜びが広がる。

「本当、に？」

「はい。こんな気持ちを口にしてもいいのかわからな――」

「いいに決まってるだろ。……俺も藤代さんが好きだ。絶対に離さない」

気がつけば、隣に行き抱き寄せていた。

ずっと腕の中に閉じ込めておけたらいいのに。

そんなひとりよがりの感情が頭をよぎるほど彼女が愛おしい。

「もう一度聞く。俺と結婚してくれないか」

「はい。よろしくお願いします」

肯定の返事が耳に届いたとき、柄にもなく飛び上がって喜びを表しそうになった。

来栖家を継ぐ者として羽目を外せず、真山さん以外には弱音を吐いたこともない。

ビジネス上の笑顔はお手の物だが、それ以外ではあまり喜怒哀楽を表に出すこともなかった。

でも、彼女の前では感情が自然とあふれてくる。こんな経験、初めてだ。

「よかった……。俺の人生をかけて、必ず幸せにする」

「はい」

顔を上げて返事をする彼女は、笑いながら泣いていた。

「無理してる？」

「そうじゃないんです。こんなふうに私を受け入れてくれる人がいるんだと思ったら、うれしくて」

大粒の涙が止まらなくなった彼女をもう一度抱きしめ直す。

なんてかわいいんだ。もう絶対に逃がさない。

「紗弥」

「えっ？」

「そう呼んでもいい？」

「はい」

俺だけの特別な女性になったのだと実感して、胸がいっぱいだ。

「俺を受け入れてくれてありがとう。幸せになろうな」

そう伝えると、腕の中でうなずく彼女は俺のシャツを強くつかんだ。

気持ちを落ち着けたあとは、彼女とパスタをシェアし、デザートのアイスとコーヒーまでしっかり楽しんだ。

店に入るまでは嫌われていないか心配していたのに、思いがけず最高の一日となり疲れが吹き飛んだ。

今日は電車通勤だったため、食事を終えたあと紗弥と一緒に電車に乗り込む。少し混んでいたため、彼女をドアの横の手すりにつかまらせ、俺はその前に立った。

「そういえば来栖さんは、どちらにお住まいですか？」

「港区（みなと）」

「逆じゃないですか」

南千住に住んでいるという彼女は驚いているけれど、一分でも長く一緒にいたいのだから気にすることはないのに。

「うん、逆。だからもう一緒に住もう」

気が変わらないように外堀りを埋めてしまいたい。

「そっか。私……勢いだけでなにも考えてなくて」

「勢いのままに同棲して結婚しよう。それと、もう紗弥も来栖になるんだから、〝来栖さん〟は卒業ね」

そう伝えると、たちまち彼女の耳が赤く染まる。

恋愛に慣れていない感じがかわいらしくて、たまらなくいい。

彼女の長い髪をそっとかき上げ、右耳に口を近づけて話す。

「練習、してみる？」

「ここで？」

「それじゃあ、あとで」

彼女の口から初めて紡がれる自分の名前を、ほかの人に聞かれるのも癪だ。そう思って引いたものの、紗弥は頬まで真っ赤に染めた。

駅に到着して電車を降りると、紗弥は丁寧に頭を下げる。

「こんなところまで送っていただいて、ありがとうございました」

「なに言ってるんだ。家まで行くよ」

タクシーで帰ってもよかったのにあえて電車にしたのは、彼女が毎日どんな苦労をして通勤しているか知りたかったからだ。

先ほど喫茶店に飛び込んできたとき、『走るのが怖くて』と漏らしたのがずっと気になっていた。

電車内では、ずっと落ち着きがなかった。電車が駅に停まるたびに案内表示を確認し、アナウンスがあると必死に聞き取ろうとしている。

ホームに降りたあとはあちこちに視線を送り、誰かの邪魔になっていないか気にしている様子だった。

彼女にとっては日常のひとコマなのだろうけれど、これだけ気を張っていなければならないのは大変だなと感じた。

「そんな、もう十分です」

「俺が十分じゃない。道案内して」

手を差し出すと、彼女は一瞬ためらったものの握ってくれる。

指先が冷たくて驚く。ずっと緊張して生活しているのではないかと心配になった。

「少し歩きますよ？」

彼女は改札を出たあと心配げに尋ねてくるけれど、少しどころか永遠に歩いていたいくらいだ。

「もちろん、平気」

「それじゃあ、こっちです」

「……危ない」

振り返った紗弥が大学生風の男性にぶつかりそうになり、慌てて肩を抱き寄せる。

男性にとっさに謝る彼女は、きっと気配を感じ取れなかったのだろう。緊張しながら歩いている理由がよくわかった。

「ごめんなさい」

「ごめんなさい、来栖さん」

男性が去ったあと、紗弥は俺にまで頭を下げる。

紗弥に眉をひそめる姿は似合わない。彼女の手をしっかり握り、人混みを抜けて駅を出たあと、静かな場所で向き合った。

「謝る必要はないよ。さっき、走るのが怖いと言ってたのって……」

「車や自転車の音を聞き漏らして、怖い思いをしたことがあるんです。たとえ聞こえても、その音がどの方向からするのかわからないから、怖くて歩けなくなったり。突然立ち止まるから、叱られたこともあって」

そんな生活をしていたら、疲れがたまる一方だ。

「そっか。毎日大変だったんだな……。四六時中というわけにはいかないけど、一緒にいられるときは必ずそばにいるから」

「ごめんなさい。やっぱり迷惑かけちゃう」

苦しげな彼女をどうしたら安心させられるだろう。

「迷惑なわけがない。紗弥の役に立てるなんて、すごくうれしい」

「今はよくても、きっと嫌になります」

まさか、結婚を撤回するつもりだろうか。そんなことはさせない。

「絶対に嫌いになんてならない。紗弥、もうすぐに籍を入れよう」

「えっ……」

「紗弥の不安をなくしたい。俺の気持ちはなにがあっても変わらないから、タイミングはいつだっていいんだ。今すぐにでも」

彼女にとっては電撃的でも、イギリスにいたときからずっと恋焦がれていた俺にとっては遅いくらいだ。

「……実は打ち上げをした日、実家で強引に見合いをさせられて」

「お見合い？」

「そう。お相手は取引先の社長令嬢なんだけど、会社同士の結びつきを強めたいと考えているのが透けて見える。仕事のために好きでもない人と結婚しろと言われても反発心しか湧いてこない」

「そうだったんですね。だからあの日、スーツで」

紗弥は納得しながらも難しい顔をしている。

「そう。結婚は紗弥としか考えてなかったから、断るために行ったんだ。でも父はあきらめていない」

帰国した途端、縁談の話でうんざりしている。俺は紗弥にしか興味がないというのに。

「父に好きな人がいると何度も伝えたけど、それじゃあ連れてこいの一点張り。見合いを断る口実だと思われているようで、正直困ってる。だから、一刻も早く結婚して紗弥を妻として紹介したい。父にあきらめさせたいんだ」

「でも……」

「父は自分の意のままに俺を従わせたい人で、俺はそれが嫌でイギリスに逃げた。東郷を継ぐ覚悟はできたけど、愛する人は譲れない。誰がなんと言おうとも、俺は紗弥としか結婚するつもりはないんだ。それに紗弥の不安は、すぐにでも解消したい」

本当は時間をかけて付き合って、その間に父を説得するつもりだった。けれど、紗弥の過去の話を聞いて、待たせて不安にさせたくないとプロポーズしたのだ。

「私のために……。来栖さんはそれでいいんですか？」

「バカだな。俺のためだよ。紗弥をあきらめるつもりはない。だから一秒でも早く妻にしたい」

結婚するからには、なにがあっても彼女を守り抜くし、必ず幸せにする。そして俺も幸せになる。彼女との未来しか欲しくない。

「私……」

すーっと息を吸い込んだ紗弥が、重要な話をしようとしているように思えて、緊張が走る。

「きっと、たくさん迷惑をかけると思います。私……自信がなくて臆病だから、あきれさせてしまうかも。でも、私も文哉さんを支えられるように頑張りますから……奥さんにしてください」

最高にうれしい言葉が聞こえてきて、思わず抱きしめた。

恥ずかしいのか最後は小声だったが、それもまたかわいい。結局、紗弥はなにをしたってかわいいんだ。

しかも……文哉と初めて呼ばれて、しびれた。好きな女性に名前を呼ばれることが、これほど幸福を感じるものだとは知らなかった。

「大好きだよ、紗弥」

彼女との手紙のやり取りがなければ、俺はおそらくまだイギリスにいたはずだ。

自分の実力だけで勝負する世界は厳しくもあったが、楽しくもあった。なにより、後継ぎという枷(かせ)がない世界は、気持ちを楽にしてくれた。失敗を恐れずチャレンジできたし、仲間との間にも余計な壁はなかった。

でも、紗弥に会いたくて……。彼女が情熱を傾ける東郷百貨店を、俺が守りたいという思いが高まっていった。俺の原動力は、紗弥なのだ。

「文哉さん、好きです」

彼女が口にした愛の言葉は、きっと一生忘れない。

強引にプロポーズして後悔もしたけれど、紗弥も俺を好いてくれているのだとわかり、飛び上がりそうにうれしい。

「すぐに籍を入れよう。明日でもいい？」

右耳の近くで尋ねると、照れくさいのか視線を地面に落としたまま大きくうなずいてくれた。

それから彼女と手をしっかりつないで、十分ほどの道のりをゆっくり歩いた。永遠に続いてほしいと思うような、幸せな時間だった。

「ここです。遠くまでありがとうございました」

マンションの前に到着すると、紗弥は申し訳なさそうに言う。

「とんでもない。紗弥と歩けてうれしかった。明日、できるだけ仕事を早く終わらせる。それから一緒に婚姻届を出しに行こう」

「はい」

うつむき加減で、しかしはっきり返事をする紗弥の耳が心なしか赤く染まっている。

「紗弥」

名前を呼ぶと、彼女はようやく視線を合わせてくれた。

愛おしくてたまらずそっと頬に触れてしまったけれど、彼女は目を大きく見開いただけで逃げたりはしなかった。

「愛してる」

顎を持ち上げ、唇を重ねた。ほんの数秒だったのに、全身を心地よいしびれが襲う。

離れると、少し潤んだ目で見つめられて、愛おしさが爆発しそうだ。

「ゆっくりおやすみ」

そう言うと、彼女ははにかみながらうなずいた。

マンションのエントランスに入っていく姿を見送っているだけで、心がホカホカと温かくなる。

振り返って小さく手を振ってくれる彼女の姿に、笑みがこぼれた。

駅前まで戻り、タクシーに乗り込む。窓の外に視線を送ると、頬が緩んだ自分の顔が映っていた。

まずい。うれしすぎてにやつきが止まらない。

今日は最高にいい日になった。

「紗弥」

こっそり妻となる人の名を呼んでみる。

好きだよ。大好きだ。

そして心の中で叫んだ。

愛し、愛される幸せ

来栖さんにプロポーズされ、飛び上がるほどうれしかったのと同時に、自分のせいで苦労させてしまうのではないかとか、彼までうしろ指を指されるような事態にならないだろうかという懸念がむくむくと湧いてきた。でも、そうしたことを全部わかったうえで求めてくれているだろう来栖さんに、『紗弥をあきらめるつもりはない』と言われてどれだけうれしかったか。

この恋心を貫きたいと強く思った私は、すぐの入籍を承諾した。

結婚が決まった翌日。

すがすがしい気分で目覚めると、スマホにメッセージが届いていた。

【おはよ。寝不足じゃない？　気持ちが高ぶってしまって、俺は寝不足】

そんな文哉さんからのメッセージを見て、顔が自然とほころぶ。

実は、私もなかなか寝つけなかった。いつもは左耳ばかり気にしているのだけれど、昨晩は初めてキスされた唇に何度も触れてしまい、照れくささとうれしさと、これは本当に現実なのかと疑う気持ちとが入り混じり、目が冴えてしまった。

【おはようございます。私も寝不足です】

正直に返信すると、すぐに電話が鳴った。

『おはよ、紗弥』

「おはようございます」

彼の柔らかな声を聞くだけで、自然と笑みがこぼれる。

『足りないな』

なにがだろう。

『名前、呼んでほしいな』

そんな。まだ下の名で呼ぶのはむずがゆさを伴うのに。

でも、紗弥と呼んでもらえるのは、特別な存在になれたのだと実感できてうれしい。

彼もそうなのかもしれない。

「文哉、さん」

思いきって言ったのに、なんの反応もなくて焦る。

「あの……」

『はー、今すぐ飛んでいって抱きしめたい』

「そんな」

私も同じ気持ち。すぐに彼の大きな胸に飛び込みたい。けれど、恥ずかしすぎて言えなかった。

『婚姻届、用意しておくから。仕事が片付いたら連絡する。もし早く終わったら、時間をつぶせる？　どこか静かなところ……』

「社食にいます」

普通ならカフェなどで待っているものだろうけれど、ランチどきを過ぎれば誰もいなくなる社員食堂は、私にとって心地いい場所だ。

『そっか、社食か。ランチはいつも社食？』

「はい。でも人が多いと疲れるので、ランチ休憩をいつも遅めにしてもらっています」

休憩時間に疲れると、午後の業務がつらくなる。

『なるほど。朝から紗弥の声を聞けたから頑張れそうだ』

私も、と言いたかったが、どうにも照れくさくて無理だった。

『毎日聞きたいから、もううちのマンションにおいでよ』

「……はい。そうします」

夫婦になるのだから、それが自然だろう。

新しい生活が始まると思うと、ドキドキもするし少し緊張もした。

その日の北海道展は大賑わい。海の幸や乳製品、デザートが人気だけれど、今年の目玉は東郷のバイヤーが口説き落としたという、道外初出店となる味噌ラーメン店だ。大きなチャーシューがドンとのったラーメンはこってり味で、初日から大行列ができている。

物産展は各店からスタッフが応援に来てくれるので、東郷の従業員はお客さまの誘導や、スタッフが来店していないお菓子の販売などにいそしむ。裏方の私は、店頭の在庫を見ながら商品の補充に走ったり、会計の補助をしたりと慌ただしく働いていた。

十二時半頃、人気商品のバターサンドの補充に向かうと、味噌ラーメン待ちの列の最後尾に、【四十五分待ち】というボードを持つ従業員を見つけて驚いた。

昨日、文哉さんに提案したもののひとつに、目で見える情報を増やすというものがあったからだ。

混雑するときは最後尾を示すボードを掲げる係は今までにもいたが、目安となる待ち時間は口頭での説明のみだった。しかし、耳が聞こえづらい人には伝わらない可能性があるし、たとえ聞こえていても耳からの情報を脳で処理するのが苦手な人もいる。

それを知っていたための提案だったけれど、早速生かされていて、文哉さんの行動力に驚かされた。

弾んだ気持ちでバックヤードに戻ると、今回の責任者の井戸さんが向かいから歩いてきたので軽く会釈をする。

「いなくなれ――」

かすかにそんな声が聞こえて来たけれど、通り過ぎてしまったので最後までわからなかった。

ただ、その先は〝――ばいいのに〟くらいしか思いつかない。

衝撃で立ち止まって振り返るも、彼女はそのまま離れていく。

井戸さんとは何度も同じ催事を担当しているけれど深くかかわったことはなく、どんな人なのかよく知らない。もしかしたら、気づいていないところで迷惑をかけたのだろうか。

それならきちんと聞いて、謝罪しなければ。

そう思ったものの、いきなりのネガティブな言葉にショックを受けて、すぐさま行動に移せなかった。

その後はひたすら商品の包装にいそしみ、十四時少し前に休憩をもらった。もう数人しかいない社員食堂で日替わりランチのアジフライを注文したけれど、井戸さんのことを考えてしまい箸が進まない。

放心していると、テーブルの向かいに誰かが立った。

「あ……」

「ここ、いいですか？」

「はい、もちろん」

それが私と同じアジフライを持った文哉さんだったので、ひどく驚く。

「来栖さんも、社員食堂を利用されるんですね」

「実は初めて」

もしかして、私がここで昼食をとると話したから来てくれたのだろうか。

「そう、でしたか」

「うまそうだ。俺、簡単なものは作れるんだけど、奥さんは料理するのかな？」

まだ実感はないけれど、奥さんと言われて心臓が跳ねる。

「それなりには、作れるかと」

「楽しみだ。いただきます」

文哉さんはきちんと手を合わせて食べ始めた。

彼も料理をするのか。夫婦になるのにそんなことですら知らないけれど、これから少しずつ理解を深めていけばいいのかな。

「元気ないね」

「いえ、元気いっぱいです。そういえば、待ち時間のボード、ありがとうございました」

心配をかけたくなくて虚勢を張りお礼を言うと、彼は微笑む。

「こちらこそだ。かゆいところに手が届く接客を東郷の売りにしていきたい。手間が増えるから嫌がる従業員がいるのは仕方がないけど、そのへんの意識改革もしていくから、もっと教えてほしい」

もしかしたら、井戸さんはこの件を怒っているのかもしれない。

「今日も嫌がられましたか？」

「正直に言うとそうだね。待ち時間の予測は難しいし、予測より長くなったときの苦情は現場のスタッフが受けるわけだから――」

「私、やってきます」

勢いよく立ち上がったのに、腕をつかんで止められた。

「休憩時間だろ」

「でも」

「改革には痛みが伴う。反発なんて覚悟のうえ。決して藤代さんのせいじゃないし、東郷をよくしていくための大切な一歩だ」

真剣な眼差しで私を見つめる文哉さんを見て、少し気持ちが落ち着いた。

この人は、腹を括って東郷百貨店の歴史をつなごうとしている。会長であるお父さまの呪縛から逃げたと話していたけれど、戻ってきたからには、しっかりとした覚悟があるのだ。

「そうですよね」

「ごめん。ちょっと熱くなった」

「いえ。来栖さんのそういうところ、素敵です」

素直な気持ちを伝えると、彼はなぜか口に手を当ててキョロッと視線を動かす。しかも少し耳が赤いような。

照れているの？

これほど堂々と自分の意見を主張できる彼のかわいらしい一面を見つけて、心が和む。

「早く仕事終わらないかな」

ぼそっと漏らした彼は、私と視線を合わせて微笑んだ。

もしかしたら、改革を進める文哉さんは敵だらけなのかもしれない。それでも、東郷百貨店の未来のために進む彼を、微力ながら支えたい。

「待ち遠しいな」

「あー、もう」

髪に手を入れてかき上げた彼は、身を乗り出してきて右耳の耳元でささやく。

「あんまりかわいいことを言うと、動揺するだろ」

「え？」

「よし、これ食べて午後の仕事も頑張るぞ」

「はい」

井戸さんの言葉で落ち込んでいたけれど、元気が出た。

私は私にできることを頑張るだけだ。中傷は怖いし、どうしても傷つく。でも、正しいと思っていることは曲げるべきではないし、きっと棘が刺さったら彼が抜いてくれる。

それに、片耳が聞こえない私にしかできない仕事があると、文哉さんが教えてくれた。卑屈になってばかりいないで、彼のように堂々としていよう。

そう思ったら急にお腹が空いてきて、アジフライを全部平らげた。

それからは井戸さんと顔を合わせることなく、十七時半で仕事を終えた。

スマホを確認してもまだ文哉さんから連絡は入っておらず、閑散としている社員食堂の自動販売機で缶コーヒーを購入して待つことにした。

これから入籍するなんて信じられないけれど、文哉さんとならきっと幸せになれる。

お昼に彼の考えを聞いて、改めて素敵な人だなと思ったのだ。

文具展の責任者を任せてもらえそうなので、スマホであれこれリサーチして時間を過ごした。

「文具も進化してるんだな……」

突然背後から話しかけられて、過剰なまでに驚いた。

「びっくりさせてごめん。肩を叩くべきだった」

文哉さんがしきりに反省している。

没頭していたので足音に気づけなかったのだ。彼のせいじゃない。

「大丈夫です」

「文具展、今年もやるから責任者頼める？」

彼は私を見て微笑む。

「はい。真山部長から、ちらっとお聞きしてます」

「なんだ。俺が言いたかったのに」

おかしな嫉妬をしている彼は、隣の席に座ってジャケットの内ポケットから万年筆を取り出した。

「これ、イギリスで買ったんだ。一生ものが欲しくて、ちょっと奮発した。手にしっくりくるし、奮発したからこそ大切にもしてる。今回はこういう一生ものになりそうな商品も積極的に仕入れようと思ってる」

彼が手にしているのは、世界最高峰と名高い万年筆。おそらく二十万円ほどするはずだ。

この価格帯になるとさすがにたくさんは出ないけれど、意外と需要はある。文哉さんのように奮発する人も多い。

「書きやすそう」

「試してみる？」

万年筆を私に渡した彼は、もう一度内ポケットに手を入れて、今度は婚姻届を取り出した。

「ここに試し書きしない？」

文哉さんは、すでに記されている彼の名の横を指さす。

「試し書きなんて」

「それもそうだな」

彼はクスッと笑うも、真剣な表情で私を見つめる。

「……紗弥。俺の妻になってほしい」

「はい。よろしくお願いします」

改めてプロポーズされて、胸がいっぱいだ。

緊張しながら名前を記入すると、文哉さんはうれしそうに目を細めた。

「社食で婚姻届を書くって、色気がないな」

「いいんです。早く出したいから」

プロポーズされたときはあんなに戸惑ったのに、今は早く彼の妻になりたい。それに彼が大切に思う会社で、永遠を誓う署名ができたのも悪くない。

「だから」

私の右耳に顔を寄せて妙に甘ったるい声を出す彼は、私の腰を抱く。

「あんまりかわいいことを言って煽るな。我慢できなくなる」

我慢？

ハッとして横を向くと、彼の整った顔が目の前にあって息が止まる。

「今日だけな」

真剣な表情でそうつぶやいた彼は、私を引き寄せて唇を重ねた。

「えっ……」

すぐに離れたけれど、会社でこんな……。

慌てふためいていると、彼は笑みをこぼす。

「いけないな。会社でキスなんて」

「ふ、文哉さんがしたんでしょ？」

「ちょっと背徳感があって病みつきになりそう」

むきになって反論したのに、彼はどこ吹く風で楽しそうなくらいだ。

「もう！……あれっ、真山部長……」

証人の欄に、真山夫妻の名前があって驚いた。

「うん。応援してるって」

真山部長が私たちの未来を信じてくれるのがうれしい。

「期待に応えないとね。さて、夫婦になりに行こうか」

「はい」

差し出された手を握るだけで、心が温かくなる。こんな経験初めてだった。

役所での手続きはあっけなく終わり、私たちは夫婦となった。

文哉さんを意識し始めてからまだ日が浅いのに、永遠を誓っただなんて自分でも信じられない。けれど、手紙でのやり取りが長かったおかげか、はたまた実際に会ってみて彼の人となりに惹かれたからなのか、まったく後悔はない。きっといい夫婦になれる。

役所を出ると、空にはもう月が昇っている。

「紗弥のお父さんだけど、やっぱり挨拶はしておいたほうがいいと思うんだ」

役所を出たところで、文哉さんが言う。

入籍前にも心配してもらえたものの、私が断ったのだ。父にはすでに新しい家庭があり、別の人生を歩いている。

「いいえ。父はもう私の声なんて聞きたくもないと思います」

幸せな家庭を壊したのは私なのだから、恨んでいるはずだ。

「会うのが怖いなら電話でもいい。俺が話すから」

「でも……」

もう罵倒されるのは嫌だ。自分のせいで両親にいらぬ苦労をかけたと突きつけられるのは怖い。

「紗弥は俺の妻なんだよ。ひとりでなんとかしようと思わなくていい」

「そんな迷惑はかけられません。文哉さんのご両親だって、うちのことを知ったらよく思わないはず」

私の片耳難聴に、それがきっかけでの離婚。父は私と母を顧みることなくあっさり出ていき、母はお酒に溺れたうえ、それが原因で亡くなった。

由緒正しき来栖家の嫁としては、不合格に違いない。

「うちの両親を気にしてるんだったら、ご両親のことは詳しくは話さなければいい。今どき離婚は珍しくないし、お母さんも病気で亡くなったとだけ伝えれば。それに俺、紗弥と東郷百貨店を天秤にかけたら、迷わず紗弥を取る。どうしても許されなかったら、東郷を出て起業すればいい」

さらりととんでもないことを言う彼に、目が飛び出そうになる。

「そんなのダメです。だって、文哉さんは東郷の歴史をつなぐために踏ん張ってきたんでしょう？」

むきになって筋肉質な腕を強くつかんで訴える。すると彼は優しい表情で口を開いた。

「俺が東郷を継ぎたいと思うようになったのは、紗弥の手紙のおかげだよ。それまでは来栖家に生まれたからそういう運命なんだと、少し投げやりだった。でも、こんなに一生懸命働いてくれる従業員がいるんだと思ったら、東郷のいいところに目が行くようになって、俺が守っていけたらいいなと」

私の手紙がきっかけで気持ちが動いたなんて、びっくりだ。

「今は仕方なく継ぐのではなく、やりたいと思ってる。だから簡単にあきらめたりはしないよ。ただ、もし父が認めてくれないなら、紗弥を選ぶというだけ。紗弥が俺に火をつけたんだから当然だろ?」

文哉さんはあたり前の顔をして微笑むけれど、私はよく呑み込めなかった。そもそも東郷百貨店のような大きな企業と私を比べるなんてありえない。

「当然じゃありません」

「当然だ。紗弥に出会わなければ、俺は俺の人生をあきらめていた。紗弥には感謝しかない」

そんなたいそうなことをした自覚はもちろんなく、瞬きを繰り返す。だって私は、川崎オリバーさんと楽しく手紙交換していただけだもの。

「もう戸籍も変わったし、あきらめろよ。俺の愛は重いから」

「そんな……」

戸惑っていると、彼は大きな手で私の頬に触れ、強い眼差しを送ってくる。

「紗弥は嫌？　俺に愛されるの」

「えっ、あの……」

絡まる視線が熱くて、そらせない。

「嫌でも愛するけどね。俺、紗弥のこと……相当好きみたいだ」

彼は少し照れたように微笑む。そこまで想ってもらえるなら、私も自分の考えのままに突き進みたい。

「文哉さん」

私は彼の胸に飛び込んだ。

「ん？　……どうした？」

いきなりだったからか、驚いている様子だ。でも、しっかり抱きしめてもらえて心地よい。

「私も……私も愛していいですか？」

恥ずかしかったけれど思いきって伝えると、背中に回った手に力がこもる。

「もちろん」

腕の力を緩めた彼は、私の額に額を当てる。

「ありがとう。最高にうれしい言葉だよ。愛してる」

彼はそうささやきながら、唇を重ねた。

月に見守られたキスは、きっと幸せにつながっている。そんなふうに思えるほど、優しい口づけだった。

それから私たちは指を絡めて手を握り、ゆっくり歩いた。胸がいっぱいで言葉が出てこなくて、しばらく黙ったまま歩き続ける。彼も、ずっと口を開かなかった。

駅が見えてくると、ようやく彼は私の顔を覗き込む。

「ごめん。幸せすぎて浸ってた」

「……実は私も」

同じように思っていてくれたのがうれしくて、顔を見合わせて笑い合う。

「紗弥。連れて帰ったらダメ？」

「えっ……」

「帰したくない」

驚いたけれど、私も同じ気持ちだ。もっと彼と一緒にいたい。

「私も……帰りたく、ない」

恥ずかしかったけれどそう伝えると、彼はいきなり腕をつかんで引っ張る。そして、通りかかったタクシーを捕まえて私を乗せた。

「文哉さん？」

「一秒でも惜しい」

隣に座った彼は、焦ったように運転手に住所を告げた。

初めて訪れた文哉さんの自宅は、何階建てなのかわからないほど高いタワーマンション。あまりに立派で、腰が引けるほどだ。

タクシーを降りて、エレベーターで四十三階まで上がると、絨毯(じゅうたん)敷きの内廊下が迎えてくれる。照明が落とされて落ち着いた雰囲気のそこはまるで高級ホテルのようで、住んでいる世界の違いを見せつけられた。

廊下をずんずん進み、黒茶色の大きな玄関ドアを開けた彼は、私を中に引き入れて、いきなり抱きしめてくる。

「紗弥、紗弥」

そして、私の存在を確認するかのように、何度も名を呼んだ。

「はい」

「本当に、俺だけのものになったんだな」

「……はい」

感慨深い様子の彼に、胸がキュンと疼く。これほど求めてもらえているとは知らなかった。

「ごめん。もっと大人の余裕を見せつけたいのに、無理だ。食事に行って、ちゃんと部屋に招待して……と思ってたのに」

彼の広い胸にそっと右耳を当てると、鼓動が速いのがわかる。でも、それ以上に私のほうがドキドキしていた。

「……私、まともに男性とお付き合いしたことがなくて」

大学のときに裏切られたきり、男性との接触は避けてきた。好意を抱いてくれる人がいなかったわけではないけれど、耳について告げると、誰もが一瞬苦々しい顔をする。そんな人とは付き合えなかった。

「そうだよな。怖がらせてごめん」

「違うんです。怖くなんかない。どうしたらいいかわからないだけで」

　真山部長から私の難聴について聞いたとき、戸惑うことなく『もっと頑張らないと、俺は選んでもらえないな』と語ったという彼は、私を丸ごと包み込んでくれると確信している。

　だから、今まで男性に対して抱いていた不信感はないけれど、この歳までまともな恋愛経験もない私は、気おくれしてしまう。

「ほんとに？」

　文哉さんは心配げに私の顔を覗き込んでくる。でも、真っ赤になっている自覚があるから見ないでほしい。

「ほんと、です」

　うつむいたまま答えると、もう一度強く抱きしめられた。

「よかった。早速嫌われたと思った」

　彼ほどの人が、少しおどおどしているのがおかしい。

「嫌ったりしません。こんな私でも本当にいいのかと……」

「紗弥じゃないとダメなんだ。逃がさないぞ、俺の奥さん」

　奥さんと言われるとくすぐったい。先ほど婚姻届を出したばかりで、まだ実感がないのだ。

「お祝いの乾杯しようか。紗弥、明日の勤務は？」

「実はお休みで」

土日は人手が足りないので、平日に休みを取ることが多い。明日の木曜はお休みだ。

「そっか。それじゃあ、ゆっくりできるね」

「文哉さんは？」

「残念ながら出勤。合鍵渡すから、自由に出入りして。一応、防音はしっかりしてるけど、少し住んでみて音が気になるようだったら引っ越してもいいし」

こんな素敵なマンションをあっさり手放すようなことを言う彼に驚く。けれど、静かな環境を求める私のことを理解し、最善を尽くそうとしてくれる姿に胸が打たれた。

「ありがとうございます。でも、静かそうなので大丈夫かと」

改めて耳を澄ましてみたけれど、気になる音は飛び込んでこない。

「うん。気になったら遠慮なく教えて。少しでもストレスになる要素は避けたい。とにかく中にどうぞ」

天井まで届く大きなシューズラックのある広い玄関を上がり、廊下を進む。男性のひとり暮らしでも散らかっている様子はないし、掃除も行き届いているように見える。

彼がドアを開けた先は、三十畳くらいはありそうな広いリビング。部屋はブラウンの家具やカーテンで統一されていて、モデルルームのようだった。

四人掛けの革張りのソファの前には、迫力満点の大きなテレビ。これで映画を見たら臨場感がありそうだなと思いを馳せる。

「来てごらん」

文哉さんに手招きされて窓際に行くと、レースカーテンを開けてくれた。

「すごい」

大きな窓から見える東京の夜景は、宝石箱をひっくり返したかのようにキラキラと輝いていて、圧倒される。

「気に入ってくれた？」

「こんな夜景を毎日見られるなんて、素敵です」

「この景色は俺も気に入ってるんだ。家具は紗弥の好きなように変えてもいいよ」

「十分です。高級ホテルみたい」

なんて、高級ホテルに宿泊経験なんてないのだけれど。

「まだ暮らし始めたばかりだから、必要なものが全部そろってないんだ。ふたりで一緒にそろえような」

「はい」

ふたりで一緒に、か……。本当に結婚したんだな。

「ワインがあるんだけど、どう？」

「いただきます」

キッチンに行った彼が、ロゼのワインを見せてくれる。

「お腹空いたよね。うーん」

文哉さんは大きな両開きの冷蔵庫を開けて、中を覗き込んだ。

「なにか作りましょうか？」

「いいの？」

「私の料理では満足できないかもしれませんけど」

「そんなわけないだろ。紗弥の手料理が食べられるなんて、最高だ」

最高とは言いすぎだ。イギリスの食事は口に合わなかったようだけれど、御曹司なのだから高級料理を食べて育ってきただろうに。

「ただなぁ……酒のつまみみたいなものしかない。やっぱり食べてくるべきだったな」

手招きされたので隣に行って冷蔵庫を覗くと、スモークサーモンにいろいろな種類のチーズ、ほかには卵とソーセージとトマトが入っているだけだ。

「あのパン、使っていいですか？」

キッチンの片隅に置いてあったバターロールを見つけて、尋ねた。

「もちろん」

「ロールパンサンドを作ります。お野菜がトマトしかないですけど……」

「ひとりだと料理するのが面倒で。時々サラダを買ってくるんだけど、野菜不足は否定しない。トマトなら丸かじりできるから、大体トマトでごまかしてる」

苦笑する彼は、一応野菜不足を気にしていているようだ。

「嫌いなわけではないんですね」

「パクチー以外は」

パクチーが苦手だと私が話したのを覚えていてくれたようだ。

「それじゃあ、いろいろそろえてお料理しますね」

「料理を作らせるために結婚したんじゃないぞ」

なぜか慌てる文哉さんがおかしい。

「わかってますよ。でも、お料理は嫌いじゃないんです。文哉さんに食べてもらえたらうれしいかなって」

妙に恥ずかしくなって小声になると、彼にいきなり抱きしめられて目を丸くする。

「かわいすぎ」

「あー、もうほんと。新婚って最高だ」

「えっ？」

どうやら喜んでもらえているようでほっとした。

早速調理を始めると、Tシャツとスウェットに着替えた彼が隣にやってきて手伝ってくれる。

スタイルがいいせいか、ラフな恰好なのにきまっているのがすごい。

「ああっ、ちょっと挟みすぎですよ」

好きなものを挟んでもらったけれど、あれもこれも入れすぎてこぼれそうになっている。

「欲張った」

私が作ったものに比べて明らかに不恰好なサンドを見て、彼はおかしそうに肩を震わせた。

リラックスしたその表情がとても優しくて、心臓がドクッと音を立てる。

私がそれをテーブルに並べている間に、彼はワインを開けてくれた。

「それじゃあ、俺たちの門出に乾杯」

向かいの席に座った彼は、ワイングラスを軽く持ち上げて優しい笑みをたたえる。

彼とこれからずっと一緒なのだと思うと、感慨深かった。

「乾杯」

私も同じようにして、早速ワインを喉に送る。

「これ、癖がなくて飲みやすい」

「フランスで、紗弥が飲むところをイメージして選んだんだ。……って、勝手にごめん」

即座に謝る彼に吹き出しそうになる。

「いえ。でも、会ったこともないのに」

「そうだけど、この淡いピンクが優しい紗弥にぴったりだなと思って。試飲したらほんのり甘くて奥行きが深いというか……。紗弥の手紙の他人をいたわる言葉とか、ちょっとした気遣いから、最初は俺よりずっと人生経験が豊富なのかなと勝手に思ってたんだ。そうしたら真山さんが、若い女性だと言うからびっくりして」

まさか私を自分より年上と思っていたとは。

「いくつだと思ってたんですか？」

「正直に言うと、四十代くらいかなーと」

彼の告白に笑ってしまう。

「でも、片耳が聞こえなくて苦労していると知って、そう感じたのも納得したんだ。きっとつらい思いをするたびに深く傷ついて……でも、強さや誰かを思いやる優しさを身につけていったんだろうなって。人生経験が豊富なのは間違いじゃなかった。だけど」

彼はそこで言葉を止め、私をまっすぐに見つめる。

「強がらなくていい人生を、紗弥と一緒に歩きたい。楽しい思い出をたくさん作りたい」

「文哉さん……」

彼は手を伸ばしてきて、私の頬にそっと触れる。

「泣きそうだ」

「だって」

強がっていたつもりはなかった。けれど、胸がいっぱいで涙があふれそうになっているということは、きっと彼の指摘通りなのだろう。大丈夫、まだやれると自分を鼓舞していたが、本当はつらいよ、苦しいよ、と泣きたかったのかもしれない。

ずっと一緒にいたわけではないのに、そんなことまで理解してくれる人が旦那さまだなんて、最高の贅沢だ。

「泣きたくなったら、俺の胸で泣いて。強がるのはもうやめだ」

「ありがとうございます」

もうひとりで頑張らなくていい。そう思うだけで、心がすーっと軽くなる。

「紗弥の楽しい未来に、もう一度乾杯」

彼は自分のグラスを持ち、私のグラスに軽く触れた。

調理をしたというほどではないけれど、彼はひと口かじるたびに「うまいな」と漏らす。

「挟んだだけですから」

「バカだな。紗弥が手をかけてくれたんだから、うまいんだよ」

そんなふうに言われると面映ゆい。

あっという間にすべて胃に収まり、ふたりでワインも半分ほど空けた。

使った食器を食洗機に入れ、ワイン片手にふかふかのソファに移動する。

彼から少し離れて座ったのに、すぐにくっつかれてドキッとした。

「ちょっと酔ってる？　目がとろんとしてかわいい」

文哉さんは『かわいい』を連発してくれるが、慣れていない私は目が泳いでしまう。

けれど、もちろん嫌ではない。

「すごく気分がいいです」

彼が心を解放させてくれたからか、ふわふわしていい気持ち。こんな酔い方、初めてかも。

「うん、俺も。すごく幸せ」

文哉さんは私の肩を抱き寄せて、こめかみに唇を寄せる。

「あっ……」

「紗弥、嫌だったら言って」

私の手からワイングラスを奪いテーブルに置いた彼は、真摯な眼差しを送ってくる。

「嫌じゃ、ないです」

「ほんと？」

これ以上話すのが恥ずかしすぎてうなずくと、今度はまぶたに唇が触れた。そして頬に鼻に……。

「好きだよ」

優しい愛のささやきのあと、唇が重なった。

触れるだけで離れた彼は、艶やかな視線で私を犯す。

「紗弥が欲しい」

返事の代わりに腕の中に飛び込むと、抱き上げられてベッドルームに連れていかれた。

「ん……」

大きなベッドに下ろされた直後、覆いかぶさってきた彼に唇をふさがれて声が漏れる。

「緊張してる？」

もちろん、してる。心臓が破れてしまいそうなほど、大きく動いている。

「……はい」

「怖かったらすぐにやめるから、ちゃんと言うんだよ」

途中でやめられるものなのだろうか。経験のない私にはそれすらわからないけれど、優しい彼のことだから絶対にやめてくれるはず。

とはいえ、緊張はしているものの嫌ではなく、夫婦になった文哉さんとつながりたい気持ちも大きい。

それから彼は、私を翻弄し始めた。

尖らせた舌で私の首筋をツーッと舐め、カットソーの下から私とは違う骨ばった大きな手を入れてきて、ブラの上から胸をつかんで揉みしだく。ビクッとすると手の動

き を止め、キスを繰り返してくれる。

舌と舌が絡まり合う情熱的なキスは、ガチガチに固まっていた私の体も、そして心も次第に溶かしていく。

キスって、こんなに気持ちのいいものなんだ。

全身を甘いしびれが襲い、多幸感に包まれる。

「紗弥。俺の首に手を回して」

シーツを強く握りしめていると、誘導されてしまった。自分から抱きつくような姿勢になって恥ずかしいのに、彼と密着できるのがうれしくもある。

「あっ……」

手を回した直後、彼はブラをずらして私の胸に直に触れた。最初はふにふにと感触を確かめるように大きく手を動かしていただけだったが、そのうち尖った先端を指で転がし始める。

「ん……あぁっ」

思わず声が漏れてしまい口を手で押さえると、その手をはがされてもう一度首のうしろに持っていかれてしまった。

「声、我慢しないで」

「でも……」

「男は、好きな女が感じてる声に欲情するんだよ。もっと聞きたい。もっと啼(な)かせたい」

「はぁっ……あぁ……ん」

声を出しても恥ずかしくないと教えられた途端、自分でも驚くような甘ったるい嬌声(きょうせい)が漏れてしまった。

それでも彼はまったく気にすることなく、私の鎖骨あたりに唇を押しつける。

いつの間にかブラのホックが外されていて、自由になった乳房が心もとない。けれど、大きな手で包み込まれると、お腹の奥のほうが疼いて全身が熱くなっていく。

「あぁ……」

胸の頂を口に含まれ、快楽に襲われる。恥ずかしいのに心地よすぎて拒めない。

やがてショーツの中に手を滑らせた彼が、敏感な部分を優しく擦り始める。すると たちまち愛液が滴りだし、勝手に腰が動いてしまう。

「あっ、ダメッ……ふみ、やさ……」

気がつけば、彼が動かす右腕を強くつかんで爪を立てていた。

「怖い？　やめる？」

「なんか、なんか、変なの」

怖いわけでもやめてほしいわけでもない。むしろ、もっとしてほしい。けれど、せり上がってくる大きな波に呑み込まれ、耐えられそうにない。

「変なんかじゃない。感じてるだけだ。そのまま、俺の指に集中して」

「……っ。も、ダメ……あぁぁぁっ」

その瞬間、触れられていたところがビクビクと震え、頭が真っ白になった。

「イケたね」

私の額に唇を押しつける彼は、なぜか満足そうな顔をして言う。

これが、絶頂に達するということなのか。想像の何倍も気持ちよく、足の先まで快感の電流が走るような感覚だった。

「ご、ごめんなさい」

自分だけ恍惚（こうこつ）に浸ってしまったと謝ると、彼は私を抱きしめる。

「どうして謝る。紗弥が感じてる顔を見てるだけで、俺もイキそうだ」

右耳の近くで艶やかな声を出されると、ゾクゾクする。先ほどの絶頂がよみがえってくるようだ。

「進んでもいい？」

「はい」

彼はいつでもやめると言ってくれたけれど、やめられないのは私のほう。蜜が滴る体が、彼が欲しいと叫んでいる。

初めてなのにこんなふうに思うのは、はしたないだろうか。けれど、彼を求める気持ちが止まらないのだ。

一糸纏わぬ姿になった彼は、すでに滾るそれに避妊具をつけ、ゆっくり入ってきた。

「あ……っ」

痛くて、枕を握りしめて耐える。すると彼は動きを止め、唇を重ねた。

「ごめん。まだ少ししか入ってない。つらいならここまで――」

「嫌。お願いやめないで」

痛いけれど、ひとつになりたい。矛盾した感情に包まれて、そう口走ってしまった。

「わかった。力抜いて」

そう言われても、緊張と痛みでうまく抜けない。すると彼は、再び熱い口づけを始めた。

呼吸を忘れるような濃厚なキスが、私の緊張をほぐしていく。そのうち、彼の高ぶりが中へと進んできて、ついにひとつになった。

「んはっ」

「紗弥の中、熱くて最高に気持ちいい」

男性がどんな感覚なのかは知る由もないけれど、私は痛いだけでなく感じたことのない陶酔感に浸っていた。

「大丈夫か？」

「……文哉さん、キス、して」

まさかこんなお願いを自分からするとは。でも、彼の優しい口づけが欲しくてたまらない。

「かわいいな。好きだよ、紗弥」

目を細めてそう口にした彼は、丁寧で優しいキスをくれた。

翌朝目覚めると、すでに文哉さんの姿はない。畳まれていた洋服を纏ってリビングに行くと、メモと鍵が置いてあった。

【ぐっすり寝てたから、起こさずに行くよ。

体は平気？　つらかったら連絡して。

今日はいつもより頑張れそうだ。行ってきます】

整った美しい字は、あの万年筆で書いたのだろうか。

下腹部に違和感はあるけれど、痛いというほどではない。初めての私を気遣って
ゆっくり動いてくれたし、終始優しかった。最後だけはちょっと激しかったけど。

そんなことを思い出して、ひとりで顔を赤らめる。

恋も結婚もあきらめていた私が、愛し愛される喜びをこんなふうに知れるとは思わなかった。

「大好きです」

面と向かって口にするのはあれほど照れくさいのに、心の中からあふれてくる。

私は彼に愛された体を自分で抱きしめ、幸福に浸った。

彼女を守りたい　Ｓｉｄｅ文哉

付き合っていた男に裏切られたという悲しい過去を持つ紗弥が、その後恋愛から遠ざかっていたのはうなずけたし、一歩を踏み出すのが怖い気持ちもありありとわかった。

だからといってあきらめられる女性ではない。この人を逃したら一生後悔するという確信があった。

傷ついてきたからこそ優しく、苦しかったからこそ人一倍頑張り屋で、とにかく相手の立場に立って物事を考えられる。そんな紗弥に惚れ込み、真山さんにあきれられるほど積極的な行動に出たら、とうとう結婚を承諾してくれた。

戸惑いや迷い、そして不安もあったはずだ。それでも、勇気をもって俺のプロポーズを受けてくれた彼女を、一生大切にすると心に誓っている。

彼女を知れば知るほど、壮絶な人生を歩んできたのだとわかった。

片耳が聞こえないというのは、両耳の聴覚が備わっている俺たちからは想像もできないほどの苦労を伴っているのだと知った。それだけでなく、両親の確執や母親のアルコール依存まで。それらを全部自分のせいだと思っている彼女が痛々しい。

けれど、彼女には彼女の人生を歩く権利があるし、努力を重ねた分だけ幸せになってほしい。もちろん、俺と一緒に。

食品専門の輸入会社『アローフード』の社長令嬢――矢島野乃花さんとなかば無理やり見合いをさせられたが、俺は紗弥にしか興味がない。それを何度も父に訴えたし、野乃花さんにも『心に決めた人がいます』とはっきり告げた。

それなのに、自分の思い通りにことを進めないと気が済まない父は、あきらめていない。

本当なら、両親に紗弥を紹介してから入籍したかった。にもかかわらず強行突破したのは、何度父に訴えても聞く耳を持ってもらえなかったのと、過去の恋愛で傷ついた紗弥に本気だと示したかったからだ。

どれだけ父に反対されようが、紗弥だけは離さない。

正直、紗弥から手紙をもらうまで、イギリスで働き続けるのもひとつの手だと考えていた。

日本に戻ってきて会長の息子だからと顔色をうかがわれるのは嫌だったし、どうせなら、そうした忖度が一切ない世界で自分の力を試したかったのも理由のひとつ。

もうひとつは、やはり父の存在だ。社長を退き経営から身を引いたはずだけれど、いまだ東郷百貨店の実質的な権力を握っている。

若い者の意見を取り入れて新しい風を吹かせたいと、世間にはもっともらしい引退宣言をしたが、現社長は父の傀儡（かいらい）。なにも変わってはいない。

それでも業績が上向いているのは、真山さんをはじめとした有能な社員が何人もいるからだ。

しかし、どれだけできる社員がいても、最終的な権限を握る父からNOと言われれば従うしかなく、真山さんからはもどかしく思っている気持ちがひしひしと伝わってくる。

真山さんをはじめとする、上に立って従業員たちを引っ張る側の社員だけでなく、紗弥のように東郷百貨店を愛し、こつこつとひたむきに頑張る売り場の従業員がいると知り、トップに立って東郷の歴史をつなぎたいと強く思うようになったのだ。

紗弥と夫婦になり、彼女を抱いた翌日。晴れ渡る空のように、俺の気持ちもすっきりしていた。

もうなにも迷わない。紗弥を生涯愛し、彼女が大切に思う東郷百貨店をさらに大きくしてみせる。そのための試練など怖くない。――紗弥が隣にいてくれるなら。

その日も忙しく走り回った。部長職を引き継いだばかりで、全テナントの上層部への挨拶が済んでおらず、午前中は真山さんと一緒に得意先に挨拶回りに出かけた。

「結婚おめでとう、でいいのか？」

「はい。入籍しました。証人を引き受けてくださって、ありがとうございます」

まだ道を覚えていない俺の代わりにハンドルを握る真山さんは、かすかに口角を上げる。

「会長に目をつけられるなー、俺」

真山さんはわざとらしく言うけれど、そんなことはまったく気にしていないはずだ。なぜなら彼は我が社にいなくてはならない存在で、今回の人事異動で副社長に推す声も出たくらいなのだ。真山さんは断ったが、辞められて困るのは父のほうだし、ライバル社にでも行かれたら、かなりの痛手になるのは目に見えている。

「それはまずいですね」

「いや、ひとつだけ無事に生き残る手があるんだよな。文哉が――」

「なるほど」

「まだなにも言ってないぞ」

彼の言葉を遮ると、クスクス笑っている。

俺が早く社長になればいいと言いたいのだ。

「もう少しだけ時間をください。もっと現場を知りたい。上から眺めているだけでは、紗弥のような素晴らしい社員にも気づけません」

時間があれば売り場に足を運んでいるのは、有能な社員を見つけて重用したいのと、今の東郷になにが足りないのかを知るためだ。

「まあ、それもそうだな」

「俺が社長に就任したら、約束守ってくださいね」

「うーん、どうだろうね」

彼は意味ありげな笑みを浮かべて濁す。

実は、真山さんが副社長就任の打診を蹴ったのは、現社長と共倒れしたくなかったからなのだ。『心中するなら文哉とする。って、気持ち悪いな』と笑った彼は、俺が社長に就任した暁には間違いなく副社長として手を貸してくれると思っている。

「それにしても、会長の反対をどうするつもりなんだ。正直、あの調子だと先に入籍したのは正解だと思うけど」

父の強引なやり方を知っている真山さんは、ため息をつく。

渋々見合いに行ったら、お相手の野乃花さんはすでに結婚する気でいたし、業務提携の話まで進んでいるという。

アローフード側は、大企業である東郷百貨店に突然手を引かれないように、仕事以外でのパイプを作っておくのが目的だろう。そして父は、政略的な結婚をさせることで業務提携を有利に進め、少々あちらに不利な条件を振っても断れないようにしたいのだ。それどころか、虎視眈々と吸収合併を狙っている。

でも俺は、自分の結婚をビジネスに使われるのはお断りだし、なにより愛してもいない人と夫婦になるなんて考えられない。

「どうするもなにも、俺の妻は紗弥だけです。そもそも業務提携の話も本当に必要なのかと思っていて……」

輸入食品に力を入れていきたい父は、海外の食品メーカーと取引があるアローフードのノウハウが欲しいようだ。

しかし、武者修業中にヨーロッパの各所に商品の輸入窓口となる拠点を作ってきた。ヨーロッパ以外の地域も、取引量が決して多いとは言えないアローフードを頼るより、コストは多少かかっても大手の商社を挟んだほうが円滑に行くはずだ。すでに『三谷商事』に探りを入れており、よい返事をもらっている。

「やっぱりそう思うか？　管轄外だから口を出さなかったけど、業務提携してうちにメリットがあるとは思えないんだよな。会長は、文哉が思い通りに動かないから躍起になっているだけな気がして」

真山さんは眉をひそめる。

そんなことで会社に損害を与えるわけにはいかない。

「仕事は必ず俺が立て直します。紗弥だけが心配なんです。彼女を不安にさせたくない」

父には、想い人が東郷の社員だとはあえて伝えていない。間違いなく引き離しにくるはずだからだ。

とはいえ、入籍したので相手を知られるのは時間の問題。世間体を重んじる父は、おそらく左耳のことや、彼女の両親のことを知ったら、いい顔はしないに違いない。

「藤代さんの人柄のよさをアピールしても、会長が重視するのはそこじゃないからな。結婚すらビジネスだから」

真山さんも父をよくわかっているようだ。顔をしかめている。

「もちろん、俺が盾になって守ります。ただ、知らないところで動かれるのが怖い」

姑息な手段を使わないとは限らない。

「そうだな。俺にできることがあれば言ってくれ」

「ありがとうございます」

「文哉がここまで熱くなるなんて……本当に惚れてるんだな」

真山さんにぼそっとつぶやかれて、少し照れくさかった。


会社に戻って売り場を回っていたら、残業になった。

二十時少し過ぎた頃にマンションに帰ると、いないと思っていた紗弥の靴が玄関にあって疲れが一気に吹き飛んだ。

「紗弥？」

リビングのドアを開けると、紗弥はキッチンに立ち、なにかを作っている。ジュウジュウとフライパンが立てる音で俺の帰宅に気づいていないとわかり、隣に行って肩を叩いた。

「キャッ」

「驚かせてごめん」

「いえっ、おかえりなさい」

目を丸くしながらも、笑顔で迎えてくれる彼女を思わず抱き寄せた。

「お食事、適当そうだったから買い物に行ってきたんです。図々しく泊まりの準備までしてきてしまったんですけど……」

紗弥は少し恥ずかしそうに告白するけれど、もう妻なのだから遠慮なんていらないし、俺としてはすぐにでもここに住んでほしい。

「図々しいわけないだろ。次の休みに、引っ越しておいで。お任せパックにすれば、紗弥の負担も少なくて済むだろ。もちろん手伝うし」

提案したものの、彼女は黙り込む。

入籍に引っ越しと、焦りすぎだろうか。もっと彼女のペースを考えるべきかもしれないと反省していると、どこか恥ずかしそうにはにかむ紗弥が顔を上げて口を開いた。

「私……本当に文哉さんの奥さんになったんですね」

「そうだぞ。逃がさないからな」

「……はい。あっ、焦げる」

慌ててコンロを止めた彼女は、焼いていたチキンを確認している。

「いい匂いだ」

「お野菜も食べてくださいね。かぼちゃの南蛮漬けと、ブロッコリーとゆで卵のサラダと……。お嫌いなもの、ありますか？」

彼女は心配げに尋ねてくるが、紗弥が作ってくれたものならなんでもうれしい。

「どれも好きだ。でも、一番好きなのは紗弥かな」

そう言って軽いキスを落とすと、彼女はたちまち頬を赤らめた。

「気持ちはどんどん伝えていくつもりだから、慣れろよ」

彼女が不安にならないように、できる限り言葉で伝えていきたい。まあ、意識しなくても自然とあふれてしまうのだけど。

目を伏せる彼女は、照れているようだ。

この初心（うぶ）な反応もたまらない。

「体、大丈夫だった？」

「はい」

小声の彼女が恥ずかしさに耐えられなくなっているように感じて、もう一度抱きしめた。俺は照れた顔も見たいが、これなら顔が隠れる。

「食べようか」

「はい」

解放しても視線を合わせようとしない彼女の頬がほんのりピンクに染まっていて、

今すぐ抱きたい衝動に駆られる。しかし、もちろん我慢だ。

着替えを済ませてリビングに戻ると、テーブルにできたての料理が並んでいて心躍る。

「今日は疲れたし、面倒だからカップ麺でも食べようと思ってたんだ」

「ダメですよ。体は大切にしてください」

「ありがと」

心配してもらえるのがこれほどうれしいとは。

「いただきます」

早速席に着き、手を合わせた。

最初に口に運んだチキンのソテーは、皮がパリパリでほんのりカレーの風味がする。

「うまい。こんなの食べたことがないよ」

「大げさですよ」

きっと俺の反応が気になっていたのだろう。少し心配げに俺を見ていた紗弥が、ようやく顔をほころばせた。

「大げさじゃない。でも、せっかくの休みを俺のために使わせてごめん」

一度家に帰り、買い物に行って調理して。ほとんど休みがつぶれたのではないだろうか。

「いいんです。楽しかったから」

口角を上げる紗弥にそんなふうに言われては、舞い上がってしまう。

「うれしいよ。ありがとう。それにしても、料理がうまいね」

「母の代わりに台所に立っていたので……」

お酒に呑まれてしまったお母さんとの生活は、俺が想像するよりずっと苦労が多かったのかもしれない。

「大変だったんだね。でも、これからは俺に甘えて。なにも無理しなくていい」

「もう……」

そう伝えると、紗弥が両手で顔を押さえてそんな声を漏らすので焦る。なにか気に障ることを言っただろうか。

「ごめん。余計なこと言った？」

「違います。文哉さんが優しくて……。強くありたいのに、甘えてしまいそうで」

やはり彼女はたくさん傷ついてきたのだ。でも、泣かずに踏ん張って、努力に努力を重ねて……。

まだ出会って間もないけれど、彼女がどれだけ誠実で頑張り屋なのかは、仕事ぶりを見ていればわかる。

「紗弥」

彼は彼女の隣に行き、抱きしめた。

「甘えてほしい。そのために俺がいるんだ。いつも強くなくてもいいんだよ。つらいときは俺の腕の中で泣いて、ふたりで進んでいけばいい」

「……はい。結婚してよかった」

その言葉がうれしくて、背中に回した手に自然と力がこもった。

絶対に幸せにする。そして俺も、幸せになる。


その日は、ベッドに入って紗弥を抱きしめた。

腕枕をすると、くっついてくる彼女がかわいくて抱きたくなったものの、ぐっとこらえる。初めてを奪ったばかりなのだ。無理をさせてはいけない。

彼女の髪から漂ってくるシャンプーの香りが俺と同じで、それだけで満足するのはおかしいだろうか。

「紗弥」

しばらくすると眠りに落ちたのか、体から力が抜けた彼女の名を、こっそり口にする。そして、顔にかかっていた長い髪を右耳にかけた。

　実は先ほど、食器を片づけているときに何気なく話しかけたら、声が届かなかった。カチャカチャと音を立てる食器のせいで、俺の声を右耳でも拾えなかったのだ。

　改めて隣に行って顔を見て話しかけると、彼女は食器を片づける手を止めていた。ほかの作業をしながら聞くのが大変なのだろう。

　片耳難聴は一見困っているようには見えないため、無視されたと勘違いして気分を害する人がいるのは、残念ながら仕方がないのかもしれない。だからといって、このままでいいわけではない。最低限、彼女の周囲にいる人たちには理解してもらいたいし、それがよい接客にもつながると信じている。

　お客さまの中にも、様々な困難を抱えている人がいる。すべてを察するのは無理でも、手伝いを求められたときは、さっと動ける人間を育成したい。

　そして、俺が彼女の耳になる。

「おやすみ」

　紗弥の額にキスをして幸せを満喫した俺は、眠りに落ちていった。

　翌朝は、紗弥と一緒に出勤した。彼女があまりに恥ずかしがるので、会社に入るときは別行動にしたが、俺としては堂々と夫婦だと主張したい。

その日は一日内勤で、会議に出たり各売り場を回ったりして過ごした。会議では、父が力を入れたい輸入食品についての話題も上がったため、ヨーロッパ各国との取引について少し話した。

しかし、イギリス時代の経験からという形で話をしただけ。三谷商事と接触していることは伏せておいた。父の耳に入ったら、すぐにつぶされる。それまでに、しっかり根回しをしておきたい。

会議には真山さんも出席していて、終了後に休憩室で顔を突き合わせた。

「やっぱり、会長の息がかかってるな」

「はい。表向きは新しい風をと言っておきながら古い体制を引きずっては、なんの意味もありません」

父はすでに名のあるメーカーの商品を輸入しようとしているが、それは他社でもできる。東郷百貨店にしか売れない商品を扱うべきだ。

紗弥との文通のきっかけになった文具やお菓子のように、まだあまり有名ではないけれど伸びしろのあるメーカーや、店は小さいが品質が確かなものなどを厳選して輸入したい。結果、催事で成功を収めているので、方向性としては間違っていないという確信がある。

「まずは催事でやってみます」

　その他の商品群も催事で扱ってみて、お客さまの反応を見てみたい。

「うん。そういえば藤代さん、バックヤードやってるんだな。もちろんバックヤードも大切だけど、お客さま受けがすごくいいから、表に出したほうがいいのに」

　真山さんが漏らす。

「そうですね。係の割り振りは責任者に任せているので、もしかしたら耳のことを知って気を使ったのかもしれません」

　紗弥には必要のない配慮だけれど、よかれと思って後方支援にした可能性もある。そのあたりの行き違いはどうやって理解を深めていくか、難しいところだ。

「それならいいんだけど」

　真山さんが意味ありげに言葉を濁す。

「なにか？」

「学生服の催事のとき、藍華がよくない噂を耳にしたらしくて」

　深刻そうな彼の表情に息を呑む。

「一部の者が、藤代さんを邪魔者扱いしているようだ。多分、彼女ができる人だから嫉妬しているんだろうけど」

つまり、配慮したのではなく、わざと表に立てないようにしたのか。実力で紗弥に勝てばいいのに、姑息な手段を使うなんて許せない。

「くそっ」

彼女を守りたくても、四六時中そばにはいられないのがもどかしい。

「意識改革が必要だな。藤代さんのためだけでなく、お客さまのためにも」

「そうですね。しっかり考えます」

「来栖部長、どちらですか？」

ふたりで話していると、俺を捜している声が聞こえてきた。廊下に顔を出すと、営業本部の部下だった。

「ここだ。どうした？」

「会長からお電話が入りまして、至急折り返してほしいとのことです」

「ありがとう」

おそらく、縁談を固辞していることにしびれを切らしているのだろう。見合い後の初めての会議で輸入食品の話題が出たのも、俺に結婚を意識させるために担当者をついた気がしてならない。

「頑張れよ」

「もちろん」

真山さんは、父の電話がおそらく仕事の話ではないと察したらしい。苦笑しながら、俺の肩を叩いて出ていった。

残った俺は、スマホを取り出し父に電話を入れる。

「文哉です」

『矢島さんのところの話をつぶそうとしてるんだってな』

開口一番、怒りの声。

ついさっき終わったばかりの会議の話を、もう聞いたのか。父の腰巾着（こしぎんちゃく）だった専務あたりが知らせたのだろう。

「つぶそうとしているわけではありません。ほかにもやり方があると提案しただけです」

『口答えするな』

なぜこれほどまでにアローフードにこだわるのだろう。扱う商品は大手商社に比べると少なく水産物はないし、輸入量が少ないため価格もそれほど安くない。

昔から取引のあった会社であり大切にしたい気持ちはわかる。しかしアローフードは社長交代してから目先の利益確保ばかりで、長期スパンで会社の成長を考えているとは思えなくなっている。

俺から見ると、市場の開拓もろくにせず既存の取引先にすがるだけで、魅力のある会社ではなくなってしまったのだ。

父も気づいていると思うのだが……。やはり父は、俺が指示に従わないのが気に食わないのだろう。自分の力を誇示してひれ伏す姿を見たいのかもしれない。

そんなくだらないプライドで、東郷百貨店に不利益をもたらすなんてありえない。

「お話があります。今晩家に行きます」

『なんの話だ』

「いろいろと。よろしくお願いします」

俺はそれだけ言うと電話を切った。

幼い頃は歴史ある東郷百貨店を引っ張る父を尊敬していたし、俺がその跡を継ぐのだという気持ちもあった。しかし、成長するにつれワンマンで傲慢な経営に気づいてしまった。

会社の成長は優秀な部下のおかげなのに、父はまるで自分の手柄のように思っている。自分のやり方に絶対の自信があるのだろうが、このままではいつか痛い目に遭う。

ヨーロッパ各国で、老舗と呼ばれるデパートをいくつも視察したが、伝統を重んじるとともに新しいものも積極的に取り入れていた。若い顧客を引き込まなければ、未来は暗いものとなるだろう。

バブルの頃とは違うのだ。どんな一流品でも、ニーズがなければ売れない。

気が重い……。

仕事でも対立、私生活でもそう。

しかし、父は意思を持った俺が気に食わないのだから、対抗するしかない。俺は父の操り人形ではないし、他人の言いなりになる人生などなんの意味があるのか。

俺はポケットにスマホを放り込んで、営業本部に戻った。

書類に目を通したあと、売り場に足を向ける。

北海道展は相変わらず大盛況だ。北海道のメーカーから預かったお菓子を東郷の従業員が販売しているブースでは、レジ待ちの列が長くなり、ため息をついているお客さまもいる。通常、会計はバックヤードで行うが、今回は別。数をさばかなければならないため、売り場で対応する。

もう少し会計に人をさけないかとバックヤードに向かうと、リーダーの井戸さんと別の女性の声が聞こえてきた。

「レジできる人、いないんですか？　お客さまがイライラし始めています。最後尾二十分待ちなんです」

どうやら俺と同じことを考えた従業員がいるらしい。イートインはまだしも、レジを通すだけで二十分はかかりすぎだ。それだけで顧客満足度が下がる。

「ひとりいるにはいるんだけど、耳が聞こえなくて使いものにならないのよ。余計に苦情が来たら困るでしょ？」

紗弥のことだ。

井戸さんの言葉に怒りがこみ上げる。たしかに片耳が不自由だが、お客さまからの苦情など紗弥のなにを知っているんだ。ひとつもない。それどころか、親切にしてもらえたとお褒めのメッセージが入るのに。

「井戸さん」

俺が近づいてくと、井戸さんは目を丸くした。

「レジの人員を増やしてください。藤代さんなら対応できます」

「ですが……」

「お客さまからの藤代さんへの称賛の声がいくつも届いています。あなたが彼女を使いたくないのは、仕事の善し悪しではなく、ただの偏見だ」

真山さんが話していた通りだった。くだらない偏見がまかり通っている。

「万が一苦情があれば、私が責任を取ります」

「そこまでおっしゃるなら……」

井戸さんは渋々納得したが、お客さまではなく仲間内に敵がいることに、ため息が出そうだった。

その後、一旦別のフロアに行ってから戻ると、紗弥が笑顔でレジに立っていた。レジ待ちは五分に短縮されていて、彼女の能力の高さを知る。

雑音が多い売り場でレジを通す機械音も響く中、お客さまの声を拾わなくてはならない作業は、紗弥にとってはハードルが高いはず。

少し離れたところから見ていると、話しかけられたときはレジの手を止めて耳を傾けているものの、それ以外の作業が速く、手を止めた時間をカバーしているようだ。

やっぱり彼女は努力の人だ。必ず父にわかってもらう。

安心した俺は催事場を離れた。

その日は、着替えがないから自宅に帰ると紗弥が話していたため、十八時半に会社を出てそのまま実家に向かった。

リビングに行くと、お手伝いさんが作ってくれた食事が用意されていて、久しぶりに父と母と食事をともにすることになった。

俺には三つ離れた姉がいる。彼女も父の束縛を嫌い、東郷百貨店ではなくまったく別の業界に就職し、結婚した。

恋愛結婚をした姉は、父が持ってくる見合いをことごとく蹴ったため、そのとばっちりが俺に来ている気がしなくもないが、姉の気持ちはよくわかるので責められない。

「文哉、たまには顔を出して」

帰国したときに挨拶に来ただけの俺に、母はあきれている。母は仕事についてはノータッチで、父と俺の確執にどこまで気づいているのかよくわからない。あえて伝える必要もないと黙っている。

「すみません。いろいろ忙しくて」

「それで、話とは？　矢島さんのところの――」

「結婚しましたのでご報告を」

仏頂面の父の言葉を遮り伝えると、母は目を丸くし、父は眉間に深いしわを刻んだ。

「結婚だと？　勝手に結婚したのか？」

父は憤るが、そもそも俺はとっくに成人しているし、結婚するのは自由だ。筋を通せるならそうしたかったが、どう考えても無理だと思ったので先に入籍したのだ。

「結婚を考える女性がいるとお話ししましたよね。野乃花さんにもそうお伝えしましたし――」

――ドン。

父がテーブルを力任せに叩くので、母が顔を引きつらせている。

「挨拶もなしに結婚とは。なんという常識知らずの女と結婚したんだ。認めないぞ」

「俺が強引に入籍してもらったんです。彼女のせいではありません。それに、頭ごなしに反対されるとわかっていて、連れてこられるわけがない。父さんが彼女を傷つけるのは目に見えています」

ありとあらゆる罵詈雑言を浴びせ、紗弥を排除しようとする様子が容易に想像できる。父は対外的には紳士で通っているが、その反動か家では亭主関白ぶりを発揮し、家族に対しては高圧的だ。

「東郷百貨店を継ぐことは承諾しましたが、結婚まで言いなりになるつもりはありません。俺の人生は俺が決めます」

そもそも紗弥や真山さんがいなければ、東郷を継ぐ覚悟などできなかっただろう。

イギリスでの生活のほうが楽しかったし、なにより自分の力で道を切り開いていると
いう充実感があった。
「お前はなにもわかっていない。東郷を継ぐということは、お前が思っているより
ずっと大変なんだ。必ず妻の支えが必要になるのに、どこの馬の骨かもわからぬよう
な女と——」
「それでしたら問題ありません。すこぶる仕事のできる優秀な女性ですから」
そもそも見合い相手の野乃花さんは、大学を卒業して父親が経営するアローフード
で、事務員をしているはずだ。完全に腰かけとの噂で、難しい仕事は振られないとか。
不自由を抱えながらも現場で実力を示す紗弥のほうがずっと優れている。……が、お
そらく父が言いたいのはそういうことではない。
「仕事ができるかどうかなんてどうでもいい。お前の妻として笑顔を振りまき、人脈
を作っていけるかどうかだ。仕事の能力とは別だ」
そんなこと、母の前でよく言える。
大手飲料メーカーの社長令嬢だった母は、大学卒業とともに父との縁談が持ち上
がったのだとか。ただ、政略結婚であることがあからさますぎると双方の親が考え、
一旦は東郷百貨店に就職。野乃花さんのように腰かけで半年間だけ働き、その間に恋

に落ちたということにして父と結婚したらしい。だからふたりは恋愛結婚だという噂もあるが、まったくの嘘だ。

　そんな母は、たしかに父の横で笑顔を振りまいていて人当たりはいいように見えるものの、人脈作りが得意なわけでは決してない。母の実家の顔で人が集まってくるだけ。

　母も自覚しているからか、うつむいてしまった。

「どこのご令嬢なんだ」

「東郷の社員です」

　正直に答えると、父はあからさまに眉をひそめて大きなため息をつく。

「社員？　すぐに離婚――」

「お断りします」

　そんな生半可な覚悟で結婚したわけじゃない。必ず紗弥と添い遂げるし、彼女を幸せにする。

「野乃花さんに失礼だ」

「失礼もなにも、好きな人がいることを話して、縁談はお断りしましたが」

　それなのに、父や矢島家が認めようとしないだけだ。

「結婚はビジネスだ！」

「違います」

父が言葉を発するたびに、母の顔が険しくなっていく。愛などないと宣告されているのだから、そうなるのもうなずけた。

「アローフードを頼るメリットが見出せません。ヨーロッパの輸入ルートは確保してきましたし、別の地域には大手商社に介入してもらったほうがいい。アローフードは窓口が狭すぎて、ほかの百貨店と同じ商品しか輸入できません」

新規開拓する可能性は残っているが、長年業績は横ばい。特にそうした努力をしているようには見えない。突然開拓しろと言っても、そのノウハウがないだろう。

「大手商社を通せばマージンが高くつく」

「それを補塡できるくらい売ればいい。現状維持では東郷の未来はないでしょう。新しい風を吹かせるとおっしゃいましたよね」

少々きつい言い方をしてしまったが、後悔はない。東郷の歴史をつなぐためにはそのくらいの覚悟が必要だ。

「生意気な。トップに立ったこともないお前に、なにがわかる」

「わかりません。威圧して部下を思うままに操る爽快さなんて、知りたくもない」

「文哉！」

父は真っ赤な顔をして拳を震わせる。

俺は、ずっと腹にためていた気持ちがあふれてきて止まらなくなった。

どれだけ抑圧された生活を送ってきたか。父の意に反することをすると逆鱗に触れ、怒鳴られる毎日だったため、こうして自分の気持ちをぶちまけることもしてこなかったが、これからは別だ。

俺は紗弥を守るためならなんでもするし、彼女が大切に思う東郷百貨店を埋もれさせない。そのための努力を惜しむつもりはない。

たとえ会長であっても、それを邪魔するならば排除するのみ。

「結婚なんて利用せずとも、東郷を成長させてみせます」

「許さんぞ。そんな女、来栖の嫁だとは認めん」

「彼女は、来栖家と結婚したわけじゃない。父さんは、アローフードとの取引を本気で強化したいのですか？　俺を自分の思い通りに操りたいだけでは？　結婚を認めていただかなくても結構ですが、彼女に手を出したら許さない」

父は俺の意見など聞くつもりはないらしい。

食事に手をつけることなく立ち上がると、母が慌てている。

「もっと母さんを大切にしてください」

気弱な母は父を諫めるようなことはしないが、父に叱られて落ち込む俺や姉をいつも慰めてくれた。どうして父に物申してくれないのかという反発心はあったけれど、これだけ怒鳴り散らされては言えなかったのも仕方がないと納得するようになった。

「文哉、待って」

母に止められたが、俺はそのまま実家を出た。

車に乗ると大きなため息が出る。

話し合いができる状況ではないのに、どうしたらいいのか。

結婚したと話しても、紗弥についてよく知ろうともせず、拒否。父は自分が指名した相手しか認めないのだろう。

表向きの印象が抜群によい父が、こんな頑固者だと知っているのはごくわずか。今の俺の状況は、両親に黙って結婚した道楽息子で、紗弥は挨拶もせずに入籍した世間知らずの妻だ。

俺はよくても、紗弥は守らなければ。

とはいえ、あんな状態の父の前に紗弥を連れていったら、彼女を傷つける言葉のオンパレードだろう。ましてや片耳が不自由だと知ったら……。

前途多難なのには違いないが、紗弥と別れる気はさらさらない。

「わからせるか」

俺の原動力が紗弥だと示して納得させるしかない。

俺は気持ちを切り替えて、エンジンをかけた。

仕掛けられた罠

文哉さんと夫婦になり気持ちが充実しているせいか、忙しいのも苦にならない。北海道展ではバックヤード担当だったのだが、レジに長蛇(ちょうだ)の列ができたことから急遽レジ応援を頼まれた。

私にそれを頼みに来たリーダーの井戸さんが、なんとなく不機嫌なのには気づいていた。おそらく私を表に出したくないのだろう。けれど、そうせざるを得ないほどの混雑ぶりだったのだ。

十八時までの勤務を終えて帰ろうとすると、催事場の片隅に山鳩(やまばと)色の上質な着物を纏い白髪をひとつにまとめた八十代くらいの女性が、杖をついて困った様子で立っていた。

「お客さま、なにかお手伝いできますか？」

とっさに声をかけると、彼女はほっとしたように頬を緩める。

「実は、孫が大好きなお菓子を買いたくて来たのだけど見つけられなくて」

「そうでしたか。なんというお菓子か、おわかりになりますか？」

問うと、握りしめていたせいでくしゃくしゃになったメモ用紙を見せてくれた。

「すぐにお持ちします、こちらでお待ちください」

私はその商品を取りに行き、急いで戻った。

「こちらでよろしいでしょうか？」

「ありがとう。混雑していると、私のような足の不自由な者は邪魔になってしまってね。空くのを待っていたんだけど、なかなかね」

「申し訳ございません。何時からお待ちいただいていたのでしょう」

「四時くらいかしら」

もう二時間も経っている。それほど孫に食べさせたかったのだろう。

「本当に申し訳ございません。上司と相談して、お買い求めいただきやすくするように努めます」

「いいのよ。うまく歩けない私が悪いの」

そう言われたとき、無意識に自分の耳に触れていた。

私も片耳が聞こえない自分が悪いと何度も悔しさを呑み込んできたけれど、本当にそうだろうか。

「とんでもないです。気づけませんでした私どもの不手際です。どうぞ遠慮せずお近くの従業員にお声がけください」

そう伝えても、おそらく自分からは頼みづらいはずだ。自分に引け目がある私もそうだから。

「ありがとう。外商にお願いすればよかったのだけど、ひとつだけ持ってきてほしいとは言いにくくて」

外商と取引があるとなると、上お得意さまに違いない。身なりは整っており、右手に下げたバッグも高級品だとひと目でわかった。

「その場合も、どうぞご相談ください」

「今度はそうするわ。お会計、これでお願いできる？」

女性がお財布から取り出したのはブラックカード。数度目にしたことはあるが、相当の資産家でなければ持てないはずだ。

「それではお預かりします。少々お待ちください」

きっとお金持ちだろうに、偉ぶらない謙虚な姿に感銘を受ける。いや、裕福だからこそ心に余裕があるのかもしれない。

素敵な方だ。

私はすぐさまレジに走って会計を済ませたあと、玄関まで付き添いお見送りした。

自宅に帰り、駅前の本屋で買い込んできたレシピ本を開く。文哉さんのために、もっと料理がうまくなりたいのだ。

それなりにできるが、ワンパターンになりがちなので、レシピの幅を広げたい。

「なにが好きかな……」

パクチー以外は食べられると話していたけれど、なにが一番好きなのだろう。

そうしたことも知らないまま結婚してしまったが、後悔はない。文哉さんはとても優しく、いつも私をいたわってくれる。きっと聞こえなくて迷惑をかけていることもあるだろうに、表情を曇らせることもなく、ビクビクしなくていいのがとても心地よかった。

彼のマンションは防音もしっかりしていて、ここよりずっと快適に過ごせそうだ。来週に予約した引っ越しの準備もしなくては。

心が弾んでいるからか、疲れていても体が動く。

嫌なことのほうが多い人生だったけれど、未来が突然開けた。

レシピ本に見入っていると、携帯が鳴りだした。文哉さんだ。心配性の彼から、帰宅したらメッセージを送るようにと言われて、送信してあった。

「もしもし」

『もしもし、俺』

「お疲れさまです」

〝俺〟でわかる関係は、少しくすぐったい。

『お疲れ。今日はなにもなかった？』

「はい、大丈夫……あっ、実は」

私は、帰りがけに出会ったお客さまについて相談した。

『それは申し訳ないことをした。どうしたらいいか……』

「人材は必要になりますが、ひとりでいいので、全体を見渡してこちらから困っていそうなお客さまに声をかける従業員を置けないでしょうか」

みずから声をかけて聞ける人は問題ない。しかし、本当に困っている人は自分から言いだしにくいと感じたのだ。それは私も同じだから。

『なるほど。こちらからか。問い合わせがあったときの対処についてばかり考えてたから、盲点だった』

「もちろん、話しかけられるのが苦手なお客さまがいるのは承知しています。だから過剰にならないようにしなければなりませんが、引け目があるとどうしてもお願いしにくいんです」

『いい視点だ。紗弥は引け目なんて感じなくていい。こんなに素晴らしいアイデアが出せるんだし』

今までずっと左耳は私の弱点だった。けれど、こうしたアイデアを出せるのだから、悪いことばかりではないのかも。

『それに、困ったら俺がいる』

「はい」

頼れる人がいるというのは心強い。彼ならきっと、なにを相談しても大きな心で受け止めてくれる。

『早速明日からやってみよう。紗弥、頼める？』

「私？　はい……」

返事が小声になるのは、リーダーの井戸さんの反応が気になるからだ。おそらく彼女は、私をお客さまと直接かかわらないバックヤードに置いておきたいはず。

『ごめん。雑音がつらいか』

「そうじゃなくて。井戸さんがＯＫを出してくださるか……」

雑音は気になるが、もう慣れたし問題ない。

『紗弥がレジに立って、あっという間に待ち時間が解消されただろ。紗弥の能力は誰もが認めるところだ』

「見てたんですか？」

もしかして、レジに立つよう指示を出したのは文哉さんだったのかも。

『紗弥の力を借りないなんて、宝の持ち腐れだ』

「褒めすぎです」

『褒めたくもなるだろ。自慢の妻だと叫びたくてたまらないよ』

彼はさらりとそんなふうに言うが、私は照れくさくてなんとなくうつむき加減になる。

『あー、ダメだ。今すぐ紗弥を抱きしめたい』

「えっ？」

『紗弥に会いたくて、せめて声だけでも聞けたらって電話したけど、余計に悶々とする』

それは私も同じかも。声が聞けただけで幸せなのに、心のどこかで会って触れたい、抱きしめてほしいと思っている。

「あの……。着替えとかだけ、先に宅配便で送ってもいいですか？ 引っ越しまで待てない。

『もちろんだ。今から取りに行こうか？』

彼が声を弾ませるのがうれしい。とはいえ、時計はすでに二十二時半を回っている。

「あはっ。今日はお疲れでしょうから、明日行きます」

『それもそうだな。楽しみにしてる。おやすみ』

「はい。おやすみなさい」

切れた電話を見つめて、幸福に浸る。声を聞けるだけでこんな気持ちにさせてくれる彼は、魔法使いかもしれない。


翌日は十時からのシフトだった。

バックヤードに向かうと、仏頂面の井戸さんが近づいてきて私に表に出るように言う。文哉さんが指示しておいてくれたに違いない。

承諾して出ていこうとすると、ぼそぼそとしゃべる井戸さんの声がかすかに耳に届いた。

「同情が引けてよかったね」

聞こえないと思って口に出したのか、はたまた聞こえてもいいと思っているのか。

なぜそんなに目の敵（かたき）にされなければならないのかわからない。

これまでにも同じ催事を担当したこともあるため、負担をかけてしまった可能性もあるが、それにしたってひどい。

私が振り返ると、彼女はハッとした。

「私は私にできることをするだけです。同情していただけるなら、それでもかまいません。お客さまが気持ちよく買い物できるのであれば、本望です。それでは」

すぐに踵（きびす）を返したものの、心臓が口から出てきそうなほどバクバクと音を立てていた。

初めて言い返せた。それも、文哉さんに私でも役立つことがあるのだと教えられて少し自信がついたからだ。それに、文哉さんが同情で私を選んでくれたわけではないと確信しているのもある。

反論されると思っていなかっただろう井戸さんは、あんぐり口を開けて固まっていた。このやりとりのせいで嫌がらせが増えたとしても、やっぱり私にできることをこつこつとやるだけだ。

「よし」

深呼吸をして気持ちを整えた私は、催事場へと向かった。

その日も相変わらず大盛況。あの人気ラーメン店は昼時になると一時間待ちの札が出された。

私も売り場を走り回った。フリーの立場にしてもらい、いろいろなところを見ていると、予想していたよりずっと困っているお客さまが多いのに気づいた。

人の波に押されていつまでたっても目的の物に到達できないお年寄りもいたし、会計を待つのに退屈した子供が泣きだしてしまい、困っているお母さんもいた。

気がつくたびに「お手伝いできますか?」と声をかけて回り、あっという間に十四時。お昼休憩に入ろうとすると、「すみません」と二十代半ばくらいの女性に声をかけられて笑顔を作る。

「はい。どうされましたか?」

ぱっちりとした二重の目を細めて口角を上げる彼女は、肩のあたりで切りそろえられた髪がうらやましいくらいにサラサラだ。

対応すると、彼女はなぜか私の左側に回り、小声でなにか話し始めた。しかし、周りがざわついているのもあり、右耳で彼女の声を拾えない。

「申し訳ありません。もう一度お願いできますか?」

今度は聞き漏らすまいと右耳を向けると、にこやかに笑っていた彼女は、一転、表情を凍らせた。

「本当に聞こえないのね」

「えっ……」

左側に回ったのは、左耳が不自由だと知っていてあえてそうしたのだろうか。

でも、どうして？　私の耳について知っているのはなぜ？

混乱していると、彼女はあきれたように鼻で笑う。

「あの……」

「私、矢島野乃花と申します。あなた、文哉さんと結婚したんですって？　彼の足を引っ張るとは思わないの？」

語気を強める彼女は、一体誰だろう。

「彼は東郷百貨店を背負う人なのよ。妻のサポートがどれだけ大切か。それなのに、大切なお客さまの言葉を聞き漏らして怒らせたら、どうするおつもり？」

もしかしたら彼女は、文哉さんがお見合いした女性なのかもしれない。結婚するつもりだったのに、文哉さんが私と籍を入れてしまったから怒っているのだろうか。

でも、文哉さんはお断りしたと話していた。

「私は、私ができる範囲で精いっぱい——」

「甘いわ。できる範囲ですって？　なにもかも完璧にできなければ、文哉さんの妻は務まらないの。耳が聞こえないことまで隠してたなんて、会長もご立腹よ。すぐに離婚してちょうだい」

なんの権利があって、そんな言葉を吐けるのだろう。

私が結婚を真剣に考える人とでなければ付き合えないと話したから、文哉さんは結婚を急いでくれた。意にそぐわない見合いを押しつけられて困っているから、早く入籍してあきらめさせたいと話していたけれど、あれは私が申し訳なく思わないように配慮してくれたような気もする。

本当なら、ご両親に耳のことも含めて理解してもらい、結婚すべきだったのだろう。とはいえ、いきなりやってきてこんな不躾(ぶしつけ)な言葉をぶつける彼女に、屈したくない。

「お断りします」

「は？」

ブランド物のバッグを持ち、上品なインクブルーのワンピースを纏った彼女から聞こえてきたのは、その容姿からは想像できないような尖った声だった。

「私は文哉さんに添い遂げる覚悟で入籍しました。離婚など考えるつもりはありません」

つい先日まで結婚そのものを否定していた自分が、こんなセリフを口にしているのが信じられない。けれど、文哉さんが与えてくれた幸せを、彼女の言葉ひとつで手放すつもりは毛頭なかった。

「だから、聞いてた？　あなたでは力不足だと言ってるの」

「それでは、これから努力します。失礼します」

私は野乃花さんに会釈してその場を離れた。

正直、彼女の言葉は痛かった。近い将来トップに立つ文哉さんには、しっかり支えられる妻が必要なのも、私にその力がないのも、大切な言葉を聞き漏らしてしまうのも、全部事実だから。

でも、文哉さんは全部わかっていて私を選んでくれたのだ。

そう考えるも、動揺は隠せない。

『努力します』なんて啖呵を切ったものの、耳が聞こえるようになることはなく、先ほどのように悪意を持って左側で話されたらどうにもならない。

「どうして聞こえないんだろう」

思わず弱音が口をつく。

今まで、何度も悔しい思いをした。そのたびに傷つき、こっそり涙した。しかし、今日ほど片耳が聞こえないことを残念に思ったことはない。

自分だけならまだしも、文哉さんが好奇の目にさらされたら……。

彼なら結婚相手にどんな女性でも選べたはずだ。それなのに、不完全な私を選んだばかりに、うしろ指をさされるようなことになったら……と怖くてたまらなくなった。

そもそも入籍するときにそうした予測はできたのに、文哉さんがあまりに情熱的に愛をささやいてくれるから、きっと大丈夫だと楽観視していたかもしれない。

「どうして……」

放心しながらバックヤードを歩いていると、「藤代さん」と、どこかで呼んでいる声が聞こえた気がした。

慌てて表情を引き締めて周囲を見回すと、背後から真山部長が駆け寄ってくる。

「びっくりさせてごめん。呼んだの俺」

「はい、なにか？」

「急で悪いんだけど、同行してくれない？」

「私がですか？」

外商の彼との同行なんて、なにがあったのだろう。

「そう。文哉には許可をもらってある。実はうちの大株主で上得意のお客さまが、藤代さんを連れてきてほしいと」

「どうしてですか？」

そんな人、もちろん知らない。

「それが、藤代さんに親切にしてもらったからお礼がしたいって。いい従業員がいるんだねと褒めてくださって」

「はぁ……」

売り場で対応したのだろうけれど、数えきれないほどのお客さまと言葉を交わしたので、どの人なのか見当がつかなかった。

「もしかして、休憩？」

「大丈夫です。行きます」

野乃花さんに暴言を吐かれたせいか、まったく食欲がない。

私はそのまま真山部長についていった。

東郷から車で二十分。高級住宅街にあるひときわ大きな和風の家が、目的のお宅のようだ。なんでもこの付近一帯に広い土地を所有している資産家なのだとか。

「三条さまだ……」

表札を見て、ハッとする。昨日、帰り際に声をかけた足の不自由なお客さまの名前だったからだ。

「やっぱり、知ってる?」

「実は昨日——」

真山部長に昨日のいきさつを明かし、その対応のために文哉さんの指示で表に出ていると話すと、「文哉は仕事が早い」と感心している。

「でもまさか、そんな大切なお客さまだったなんて」

もちろんどんなお客さまも大切だけれど、大株主で上得意となれば、東郷百貨店にかなり深くかかわっている人だ。

「奥さまはデパートの売り場に来るのが楽しみだったらしいけど、旦那さまを亡くされて、足が弱られてからは外商を使われることが多い。でも、時々足を運んでくださるようなんだ。東郷を愛してくださるひとりだよ。行こうか」

真山部長に促されて、大きな邸宅に足を踏み入れた。

五十代くらいのお手伝いさんに案内され、立派な庭を横目にきちんと磨かれた飴色の廊下を進む。

「ライラック、見事ですね」

庭に濃いピンクの花をびっしりと咲かせたライラックがある。

「旦那さまが、奥さまのために植えられたとか」

お手伝いさんが教えてくれる。

「素敵です」

赤に近いライラックの花言葉は〝愛の始まり〟だ。旦那さまがそれを意識して植えられたかどうかはわからないけれど、奥さまへの愛を感じて頬が緩んだ。

「さあ、こちらでお待ちかねです。奥さま、真山さんがいらっしゃいましたよ」

お手伝いさんは声をかけて障子を開けると、「お茶をお持ちしますね」と戻っていった。

「よく来たわね。入って」

目尻のしわを深くして笑うのは、やはり昨日の三条さまだ。

「失礼します」

真山部長に続いて立派な床の間のある十二畳の和室に足を踏み入れ、三条さまとは座卓を挟んだ向かいの座布団に座った。

「藤代さん、急に呼んだりしてごめんなさいね。でも、どうしてもお礼が言いたくて」

「とんでもないです。お手伝いできて光栄です」

笑顔で答えると、背筋をビシッと伸ばした三条さまも微笑んでくれる。

「昨晩は、孫が顔を見に来てくれたのよ。それで、あのお菓子をね。とっても喜んでたわ」

「そうでしたか。間に合ってよかったです」

「それで、今朝一番に真山さんにお電話したの。そうしたら、案の定素晴らしい社員だとおっしゃるから納得してね」

まさか真山部長がそんなふうに伝えてくれたとは。

「藤代は、東郷百貨店にいなくてはならない存在です。彼女にずいぶん助けられています」

私に向けられた称賛が信じられない。ついさっき、野乃花さんになじられたところだから余計に。

「本当に助かったのよ。見えなくなるまでお見送りまでしてくださって。忙しいだろうに、心のこもったおもてなしをしてくださる方なんだなと思ったの」

まさか、そこまで見られていたとは。

「それで、藤代さん。うちの孫とお見合いしてみない？」

とんでもない提案に、とっさに声も出ない。真山部長も同じようで、目を丸くして黙り込んだ。

そこにお手伝いさんがお茶と饅頭(まんじゅう)を持ってきてくれる。

「奥さま、いきなりすぎますよ。藤代さんにも想う方がいらっしゃるかもしれないですよね」

座卓にお茶を置きながらお手伝いさんが話すと、三条さまが口を開く。

「そうね。でも素敵な方だから、うちにお嫁に来てくれないかしらと思ったのよ」

「いえ、私は当然のことをしただけで」

「それよ、それ。あの丁寧な接客を当然だと言えるのが素晴らしいわ」

断りの文言をと思ったのに、逆に気に入られてしまったようだ。

「三条さま。実は彼女は、先日来栖と結婚したばかりで」

困っていると、真山部長が切り出してくれて助かった。

「あら、文哉くんのお嫁さんなの？　あの子、見る目あるのね」

「来栖が子供の頃から、かわいがっていただいていたんだよ」

真山部長が説明してくれる。

「文哉くんなら仕方ないわ。文哉くんも優しくてよく気がつく子で。これからの東郷を任せても安心。奥さんが藤代さんなら鬼に金棒ね」

褒めてもらえてうれしいのに、文哉さんの妻が本当に私でいいのかとネガティブな思考に支配されて笑えなくなった。

大株主に期待されても、私はなにも持っていない。それどころか、片耳が不自由で迷惑をかけるかもしれないのだ。

文哉さんと結婚して前向きな気持ちでいたのに、野乃花さんの言葉が心に深く突き刺さって血が噴き出している。

「どうかされたの？」

「いえ、私……。褒めていただけるような人間ではなくて」

黙り込んだからか、気を使わせてしまった。

無意識に左耳に触れる。

「真山さん、ちょっと藤代さんをお借りしていいかしら？」

「はい、もちろん」

三条さまの質問に、真山部長は首をひねりながらも承諾する。

「お茶とお饅頭、縁側に運んでくれない？　庭を自慢したいのよ。藤代さん行きましょう」

三条さまが座卓に手をついて立ち上がろうとするので、慌てて隣に行って支えた。するると、優しい笑顔を向けてくれる。

「ほら、やっぱり気がつく。行きましょう」

三条さまに促され、歩調を合わせてゆっくり進んだ。

先ほど見たライラックの近くに座布団を敷いてもらったが、私が右側になってしまったので左側に移動する。

「申し訳ありません。左耳が聞こえないので、こちらでもよろしいですか？」

「そうだったの。もちろんよ」

三条さまは驚いてはいるけれど、嫌な顔はされず胸を撫で下ろした。

「もしかして、さっき複雑な顔をしていたのはそのせい？」

「……はい。来栖さんが近い将来、東郷百貨店を引っ張る立場になるのはわかっていて結婚しました。足りないところはたくさんありますが、私にできる努力をして彼を支えたいと。でも、耳のせいで彼の足を引っ張るようなことがあったらと不安になってしまって……」

野乃花さんにあんな言葉をぶつけられるまでは、文哉さんと一緒なら、誰になにを言われようとも必ず乗り越えていけると思っていた。けれど、それ自体が文哉さんの負担になっているのではないかと怖くなったのだ。

文哉さんは優しい人だから、きっと私が傷つくような言葉は口にしない。だからこそ心配だ。

「そう。でも文哉くんは耳のことを知っていて、あなたを選んだのでしょう？」

「そうですが……」

「あのライラックね、亡くなった主人の贈り物なの」

三条さまは唐突にライラックについて話し始めた。

「花言葉がね」

「愛の始まり、ですよね」

「よくご存じなのね」

お茶を手にした三条さまは、優しい目でライラックを見つめる。

「実は私、若い頃に東郷の食品売り場で働いていたのよ」

「そうでしたか」

「主人はお客さま。困っていた主人の手助けをしたら、惚れられちゃって。でも、こんな大きな家の資産家の息子と、デパートの売り子なんて釣り合わないじゃない。交際も結婚も周りから反対されてね。それに耐えられなくなって、私のほうから別れを切り出したの」

悲しい話をしているのに、三条さまの顔は穏やかだ。

「そうしたら主人、このライラックを植えて、『これまでは恋だったけど、彼女と愛を始める。これは、俺の気持ちが変わらない証だ。認めてくれないなら、家を捨てる』って、両親の前で啖呵切ったのよ」

「情熱的なご主人ですね」

「そうなの。それで惚れ直しちゃったわけ」

三条さまはうれしそうに目を細める。

「……文哉くん、主人よりいろんなしがらみがあるわよね。彼は小さい頃から礼儀正しくていい子でね。でも、いい子すぎてちょっと心配だったの。無理してるんじゃないかって」

そうだったのかもしれない。生まれながらに大きな会社を背負うことを期待されていたのだから。

「恋愛結婚なんでしょ？」

「はい」

「それじゃあ、会長から反対されたでしょう」

「実は、まだ認めていただけていなくて」

正直に伝えると、三条さまは一瞬目を見開いたものの、すぐに笑顔になった。

「あらあら。それでも結婚を強行するなんて、文哉くん、なかなか情熱的じゃない。文哉くんも、あなたと愛を始めたかったのよ。足なんてどんどん引っ張りなさい。彼はそれでダメになるほどやわじゃないし、それより優先したい愛があなたとの間にあるのよ」

三条さまの優しい言葉に、視界がにじんでくる。

「会長には私からも口添えしておくから」

「いえ、そんな……」

「だって私、藤代さんのこと気に入ったんだもの」

しわのある手で励ますように私の手を包み込んでくれる。

このしわは、素敵な旦那さまと一緒に刻んできたのだろう。私も文哉さんとそうなれればいいな。

「ありがとうございます」

思いがけない三条家の訪問だったが、落ちていた気持ちがぐんと上向いた。

耳のことを隠して結婚したわけじゃない。文哉さんは困難も承知で私を選んでくれたのだ。

でも、突然訪ねてきて冷酷な言葉を並べた野乃花さんがあれで引き下がるとも思えず、不安は残ってしまった。

その日は、文哉さんのマンションに帰宅した。自宅から送った荷物もコンシェルジュのもとに届いていて、不自由なく生活できそうだ。

近所のスーパーで買い出しをしてきた私は、早速夕食を作り始めた。

野乃花さんの辛辣な言葉がちらちらと頭に浮かぶも、文哉さんとの生活を手放したくない。彼に愛想をつかされたのであれば仕方がないけれど、外部の圧力に屈したくなかった。

「ただいま」

大きなオーブンで、ポテトとチキンのグラタンを焼き始めた頃、文哉さんが帰ってきて私の右肩を叩いた。

「おかえりなさい」

調理をしていると食器が立てる音やオーブンのファンが回る音のせいで、鍵を開ける音は耳に届かない。そのため、こうして隣に来て肩を叩いてもらうまで気づけず、お出迎えできないのが残念だ。

けれど、笑顔でオーブンを覗き込む彼は、そんなことは気にしていないように見える。

「なに作ってくれたの？」

「ポテトグラタンです」

「楽しみだ」

目を細める彼は、今度は私をじっと見つめる。

「にやけるな」

「ん？」

「本当に紗弥は俺だけのものになったんだなって」

彼はそんなことを言いながら、私を引き寄せて額にキスを落とす。

文哉さんは平気な顔をしているけれど、私は真っ赤になっていないか心配だ。

「き、着替えてきてください」

「うん、サンキュ」

文哉さんは一旦リビングを出ていった。

——三条家からの帰り道。

『会長は文哉を意のままに操りたがっている。だから、風当たりが強いかもしれないけど、文哉を信じてやってほしい。文哉の藤代さんへの気持ちは、絶対に本物だから』

真山部長が私にそう漏らした。

野乃花さんが私の前に現れるくらいなので、すでに来栖の両親は私たちの結婚を把握しているだろう。文哉さんはなにも言わないけれど、もしかしたら両親から別れろと言われている可能性もある。

けれど今、私にはなにもできない。やっぱり毎日精いっぱい頑張るだけだ。三条さまも真山部長も、太鼓判を押してくれたのだから。

着替えた文哉さんは、熱いグラタンをテーブルに運んでくれた。向き合ってとる食事は、ひとりのときの何倍もおいしく感じられる。

きっと、こういうのが幸せと言うのだろう。

「実は昨日、両親に結婚の話をしてきた」

彼の少し困った顔から、認めてもらえなかったことが伝わってくる。

「残念だけど、納得してもらえなかった。でも、俺の妻は紗弥だけだときちんとわかってもらう。もう少し時間をくれないか」

「もちろんです。ごめんなさい。私のせい――」

「違う」

表情を引き締める文哉さんは、私の言葉を遮った。

「父は自分が選んだ相手しか認めないいんだよ。紗弥だから反対しているわけじゃない。結婚はビジネスだと思っているから」

「ビジネスだなんてあんまりです」

三条さまや真山部長が話していた通り、後継ぎの彼には私たち庶民には想像もできないしがらみがあるようだ。けれど、結婚までビジネスのために犠牲にしろと両親に言われたら、ショックに違いない。

文哉さんはイギリスに逃げたと話していたが、その気持ちが痛いほどわかった。自分の人生なのに、自由に生きられないのは酷だ。

「だからそれを逆手に取るつもりだ」

「どういうことですか?」

鋭い目をした文哉さんは、なにを考えているのだろう。

「そもそも俺は、イギリス時代も紗弥の手紙からヒントを得て輸入したものを成功させているし、今も紗弥のアイデアを役立てて売り場運営をしている。紗弥は東郷の救世主だ」

「まさか」

救世主だなんてとんでもない。

「まさかじゃない。結婚がビジネスだというなら、俺がビジネスを成功させるために紗弥が必要だとわからせようと思ってる。もちろん建前だから、誤解しないで。俺は純粋に紗弥を愛してるんだ」

彼はためらいもせず愛の言葉をささやいてくれる。くすぐったいけれど、その言葉を聞くたびに心が強くなっていく。

「そういえば、真山さんから三条さまの話聞いたよ。三条さまは優しいけど厳しい人でもあるんだよね。俺たちと同じように東郷の未来を案じて、株主総会でもいろいろ指摘してくださる。その三条さまが無条件に紗弥を気に入ったとおっしゃってるんだ。自信を持てばいい」

厳しい方という印象はなかったので驚いたものの、元社員だとも聞いたし、株を購入して支えてくれるのも、東郷を愛しているからなのだろう。

「実は、見合い相手の矢島さんの会社、アローフードとの取引について、いろいろ意見が割れているんだ。まあ、反対してるのは俺だけど」

「そうなんですか？」

やはり、野乃花さんは見合い相手だった。

あんなふうに嫌みを置いていった彼女は、文哉さんが取引を反対していると知っているのだろうか。

彼女が来たことを明かしたほうがいいのかと迷ったけれど、打ち明ければ彼は過剰に気にするはずだ。ただでさえ両親と私の間に入って大変な思いをしているのに、これ以上心労を増やしたくない。

「父は俺を従わせたい気持ちが大きすぎて、冷静さを失っている。父が陣頭指揮を執っていた頃は、冒険して少々失敗しても、売り上げが上がっていた。でも今は、たった一度でも判断を間違えば会社が傾く恐れもある。アローフードとの取引もそのひとつなんだ」

取引先も厳選していく必要があるということか。

「結婚云々は関係なく、ビジネスとしてアローフードに頼る必要がないと考えている。別の方法で業績を大幅に上げるつもりだ。それで、政略的な結婚など必要ないとわからせる」

業績のさらなる向上は、文哉さんなら間違いなくやり遂げるだろう。けれど、私との結婚を選んだばかりに余計な苦労を背負っているのではないかと心配になる。

「私も、結婚とビジネスを結びつけるのはどうかと思います。きっと文哉さんなら、そんなものに頼らずとも成功します。でも、私のせいで――」

「まだ足りないみたいだな」

私の言葉を遮る彼は、手を伸ばしてきて私の頬に触れる。

「足りない？」

「紗弥に足りないのは自信だと話しただろ。自分のせいでよくない事態が起こるなんて思わなくていい。学生服の催事を成功させたし、紗弥のアイデアが次々とよい結果をもたらしてるから、少しは自信がついたかなと思ってたんだけど」

彼は優しく微笑んでから続ける。

「図々しくなれと話しただろ。俺をこれだけ振り回しておいて、自己肯定感が低すぎる」

「ふ、振り回して？」

いつそんなことをしただろう。

「そう。いつだって紗弥は、俺の心をかき乱す。するっと逃げていかれないか、いつもはらはらしてる」

彼が私のことではらはらするなんて、信じられない。

頬の手を滑らせて私の顎を持ち上げた彼は、強い視線で私を縛る。

「悪いけど、逃がさないよ。もちろん、一生」

熱のこもった言葉が、じわじわ心にしみわたる。これほど求めてくれるのに、まだ自信がないなんて情けない。

「はい」

「聞き分けのいい子だ」

茶化した言い方をしてクスリと笑う彼は、ようやく手を離してくれた。けれど、触れられた部分が熱くて、しばらく鼓動の高鳴りが収まらなかった。


食事のあと、久々に父に電話を入れた。

新しい家庭がある父にこれ以上迷惑をかけたくなくて、両親の離婚後私から連絡したのはこれが二度目。母が亡くなったときと、今回だけだ。

自分の耳のせいで母との仲が悪くなったと感じている私は、もう父のため息を聞きたくない。けれど、文哉さんが来栖の両親と向き合っているのを見て、私もそうすべきだと考えたのだ。

ソファに座ってスマホを手にする私の隣には、文哉さんがいてくれる。「苦しくなったら俺が話すから代わって」と言う彼に甘える形で、勇気を振りしぼった。

四回のコール音のあと『もしもし』という少し低めの父の声が聞こえてきて、緊張が走る。

「もしもし、紗弥です。突然ごめんなさい」

『久しぶりだね。どうかしたのか？』

「あの……。結婚したのでご報告を」

そんな報告はいらないと電話を切られてしまうかもしれないとビクビクしながら伝える。

『結婚⁉ そうか、おめでとう。よかったなぁ』

それなのに、祝福の言葉が返ってきて目を瞠る。

『紗弥もそんな歳になったんだな。お相手はどんな人なんだ？』

ずっと嫌われていると思っていた父から、優しい言葉をかけられて涙がにじむ。

「東郷百貨店の上司の方で」

母の葬儀で少しだけ話をして、東京の東郷百貨店で働いていると伝えてあったので、そう話した。

『いいご縁があったんだね』

「はい。とっても素敵な方なんです」

『そう。お前にはお母さんとのケンカばかり見せてしまったから、申し訳なく思ってたんだ。紗弥の左耳が聞こえないと知って、五つ目に行った病院だったかなぁ。「残念ですが、どの病院に行かれても聴力は戻りません」とはっきり言われて、お父さんは踏ん切りがついたんだよ。片耳が聞こえなくてもかわいい娘には違いないって』

えっ……。私を嫌っているんじゃなかったの？

あっけなくいなくなり、それから一度も姿を見せなかった父は、離婚の原因となった私を恨んでいると思っていたのに。

『でもお母さんはあきらめきれなくて、その後もあちこちの病院を走り回った。その間学校にも行けないから、紗弥は友達もなかなかできなくて、見かねてもうやめろと話したら、それからケンカばかりになってしまった』

母の話とはずいぶん違う。母は『お父さんは紗弥のことが心配じゃないんだ。自分の生活のことしか考えてない』と口癖のように言っていた。だから私もそうだと思い込んでいたのだ。父のことをずっと誤解していたのかもしれない。

「それじゃあ、私を恨んでいるわけじゃ——」

『そんなわけがないだろう。離婚してから何度もお母さんに連絡をしたけど、紗弥には会わせてもらえなかった。「紗弥の治療をあきらめておいて今さらだ」と強く言われてしまって。もちろんそんなつもりはなかったんだけど、お母さんからしてみればそう思えるんだなと受け入れるしかなかった』

母に連絡が来ていたなんて知らなかった。

『紗弥も、お父さんのことを怒ってるんだろうなと思って、電話できなかった』

たしかに母の葬儀では、そっけない態度をとったかもしれない。でもあのときは、自分を嫌っていると思い込んでいた父に会うのが怖かったし、私が家を出て母をひとりにしたから亡くなってしまったんだという罪悪感に押しつぶされそうで、心に余裕がなかったのだ。

『でも、ずっと会いたかったよ。だから、こうして結婚の話を聞けて……』

それから父は黙ってしまったが、電話の向こうから鼻をすするような音が聞こえてくる。泣いているのだ。

私も涙がこぼれてきて、話せなくなってしまった。すると、文哉さんが私のスマホを手にして話し始める。

「初めまして。来栖文哉と申します。紗弥さんと結婚させていただきました。ご挨拶が遅れて申し訳ありません」

彼ははきはきと話しながら私の腰を抱き、優しく微笑んでくれる。

「必ず幸せにするとお約束します。仕事が落ち着いたら、ふたりでご挨拶に伺ってもよろしいですか？　……はい。楽しみにしております」

何度もうなずきながら会話を続ける文哉さんは、もう一度私にスマホを渡す。

「もしもし、お父さん」

『紗弥。幸せになるんだよ』

「ありがとう」

『近いうちにまた電話してもいいか？　お父さん、胸がいっぱいで話がまとまらないや』

「うん、待ってる」

電話が切れると、涙が止まらなくなってしまった。そんな私を、文哉さんは腕の中に誘う。

「私……。父のこと、誤解してました」

「よかったな。娘をよろしくお願いしますって、何度も何度も言われたよ。ぜひ遊びに来てほしいって。近いうちに、ふたりで会いに行こうな」

「はい」

こうして父と向き合えたのも、誤解が解消できたのも、全部文哉さんのおかげだ。

その晩も彼に抱かれた。

二度目のセックスも、もちろん緊張したけれど、そんな私の体のこわばりを感じた文哉さんが丁寧に全身を愛撫してくれて、体が溶けてしまいそうだった。

「っ……あんっ」

「気持ちいいの？」

下腹部の敏感な部分に触れられて背をしならせると、彼は不敵に微笑む。

「違っ……」

本当は違わない。初めてのときとは比べ物にならないほどの快感に襲われて、どうにかなってしまいそうなのだ。

「そうか。違うんだ」

右耳の近くで艶っぽくささやく彼は、指の動きを加速させる。

「あぁっ、や……。んっ……」

「嫌なの？」

セックスのときの彼は少し意地悪だ。私が本音を口にするまで許してくれない。

「……嫌、じゃない。でも、文哉さんと一緒がいい」

なんとはしたない言葉を口にしているのだろう。けれど、彼が欲しくてたまらなかった。

一瞬驚いたように目を見開いた文哉さんだったが、情欲を纏った表情で私を見つめる。仕事のときとはまるで異なる顔に、心臓が破裂しそうなほど暴れだした。

「やっぱり紗弥は、俺を振り回す天才だ」

「えっ？」

「ダメだ。紗弥が好きすぎておかしくなりそうだ。この家に閉じ込めて、誰の目にも触れさせたくない」

そんな情熱的な告白に、目頭が熱くなる。これほど強い愛を向けてもらえる心地よさは、何物にも代えがたい。

「ごめん、引くよな」

彼は難しい顔をして謝るけれど、私は首を横に振る。

文哉さんと結婚して本当によかった。彼に出会わなければ、こんな幸せ知らなかった。

「私も……好きだから。……あっ」

愛を告白した瞬間、彼がゆっくり入ってきた。

手紙を交換しているときから素敵な人だと思っていたものの、まさかここまで気持ちが膨らむとは想像もしていなかった。けれども、彼から与えられる愛情や幸福に心が支配されて、自然とそんな言葉が口からあふれてしまう。

「紗弥を気持ちよくしたいのに、俺がすごく気持ちいい。平気？」

一旦進むのをやめた彼は、私を心配しているようだ。

「平気です。だから早く。……あぁ」

煽ったせいか一気に貫かれて、思わず彼のたくましい腕に爪を立てる。すると、とびきり優しいキスをくれた。


翌朝は、とても目覚めがよかった。

「おはよ」

「お、おはようございます」

起きようとした瞬間、うしろから抱きかかえられてひどく驚く。愛情のたっぷりこもったエッチのあと、疲れ果ててパジャマも着ずに眠りに落ちてしまったため、素肌と素肌が触れて照れくさくてたまらない。

「もう少しこのままでいて」

「いえっ、あのっ……」

途中から声を抑えられなくなり、ずっと喘ぎ通しだった。そんなことを思い出すと、いたたまれなくて体をよじる。

「ダーメ。逃がさないって言っただろ」

少し甘えたような声を出す文哉さんは、会社での凛々しい姿とはまるで違う。こんな彼を私だけが知っているんだと思うと、胸がキュンとする。

「紗弥のにおい、落ち着く」

「あ、汗臭いですから」

首筋に顔をうずめられて、恥ずかしくてたまらない。

「残念だな。時間があればもう一回抱くのに」

「え……？」

「そのうちな」

なにがそのうちなの？　まさか、朝からあんな恥ずかしいことをしようと？

目をぱちくりさせていると、私の右の耳朶を甘噛みした彼は、散らばっていたパジャマを取ってくれた。

朝食は、バゲットに彼が昨日買ってきたチーズを添えて。

「おいしい。癖がなくて食べやすいです」

見た目はカマンベールチーズに似ているけれど、クリーミーで臭みがまったくない。

「ブリーチーズというんだ。フランスでは、これにはちみつをかけてよく食べる」

「今度やってみます」

「うん。これを含めた乳製品を、俺が作ったルートを使って輸入して、催事をやってみようと思ってる」

「ワクワクしますね」

もしかして、野乃花さんのお父さまの会社に対抗しようとしているのかもしれない。

普段はお目にかかれない様々な種類のチーズやバターに囲まれたら、乳製品好きの人はたまらないのではないだろうか。

現在でも食品売り場にはチーズのコーナーがあり、近所のスーパーでは見かけないような商品も扱ってはいる。おそらくこれもそこで購入してきたのだろう。でも、催事となればきっと規模が違うはず。

「紗弥、やってみない？」

「責任者ですか？」

「そう。文具も頼みたいから大変だと思うけ――」

「やります！」

興奮気味に返事をすると、彼が目を丸くしている。

文哉さんが私との結婚のために闘おうとしているのなら、私も加わりたい。成功させて、結婚を認めてもらいたい。

「決まり。もう少し計画を具体的にしてから話をするよ。それじゃあとりあえず、今日の仕事を頑張りますか」

「はい」

俄然やる気が湧いてきた。

嫌がらせもあるし、できないこともある。けれど、文哉さんや真山部長、それに三条さまのように自分を認めてくれる人がいる私は幸せ者だ。

一度は地まで落ちた感情が、ぐんと上向いた。

その日、初めて文哉さんと一緒に出勤した。私たちに気づいた従業員が、不思議そうにちらちら見ている。なんとなく居心地が悪いけれど、もう私は文哉さんの妻なのだ。堂々としていよう。

「新婚さん、おはよ」

私の肩をトンと叩いて声をかけてきたのは、同じように出勤してきた真山部長だ。

彼の声で私たちの結婚を察した人たちが目を丸くしてひそひそ話を始める。

不釣り合いだと悪口を叩かれているのだろうなとは思うけれど、聞こえなくてよかった。

「おはようございます。かわいい妻がいると気力がみなぎりますね」

周囲の声が耳に届いただろう文哉さんは、これ見よがしに私の腰を抱いて言う。おそらく、私を好いているとアピールしてくれたのだ。

「そうだろ。結婚っていいよな」

真山部長までのる。きっと彼も、周りの人たちをけん制してくれているに違いない。

「あっ、藤代さん。今日はパートさんが少なくて、午後から藍華が手伝いに来るからよろしく」

「奥さまが？　それはうれしいです。学生服の催事のお礼も言えていなくて」

藍華さんが来るから、真山部長もいつもよりテンションが高めなのかな。素敵なご夫婦だ。私たちもそうなりたい。

「それじゃあ、またあとでな」

ふたりと別れた私は、更衣室で着替えを済ませて、催事場に向かった。

遠巻きに私を見つめる同僚たちが、やっぱりなにか話している。間違いなく、文哉さんとの結婚の件だ。

品出しを始めると、青い顔をした井戸さんが近寄ってきた。

「藤代さん。来栖さんと結婚したの？」

「はい、そうなんです」

「あの……私のこと、来栖さんに……」

なるほど。表情が暗いのは、彼女にされた仕打ちを直属の上司にあたる文哉さんに話したのかと心配しているのだ。

「いいえ、特には」

「言ったよね」

井戸さんが確信めいた言い方をするので、もしかしたら文哉さんが私の知らないところで彼女に注意してくれたのかもしれないと思う。よく気がつく文哉さんは、たまたま売り場に来てなにか勘づいたのかも。

「本当になにも。でも、話されて困るようなことはしないでいただけますか」

言い返してしまった。けれど、後悔はない。『いなくなればいいのに』という言葉はさすがにひどい。

私があまりにはっきり言ったからか、彼女は黙り込んでうつむいた。

「今日も忙しくなりそうですね。頑張りましょう」

「え？」

私が笑顔で言うと、彼女はあんぐり口を開けている。

正直、彼女の言葉のせいで落ち込んだ。でも、考え直してくれればそれでいい。そして私のようになんらかの不自由を抱えたお客さまに対して、嫌悪の目を向けることなく、なにを手伝えるのかとっさに考えてくれるとうれしい。

声をかけただけで三条さまがあれほど喜んでくれたのだ。困っている人へのひと言は価値あるものだと思う。

井戸さんと別れてから売り場に出て、忙しく働き始めた。

引き続き、催事場を歩き回って声かけをする。すると、目的の商品とは異なる列に並んでいたり、会計時にうしろから急かされたせいで財布をひっくり返して小銭が散らばってしまった人もいたりした。そのたびに駆け寄って対応している間に、あっという間に時間が過ぎる。

遅めの昼休憩のあと戻ると、藍華さんが商品の補充作業をしていた。

学生服の催事のときのお礼が言いたくて近づこうとしたものの、一緒に来た人とはぐれた様子の初老の女性に気がつき、対応を始めた。

そのままお客さまに埋もれて、手助けをして歩いた。エレベーターの場所がわからない方を誘導したあと、一旦端に寄る。集団の中にいるより外から見たほうが、困っている人に気づけるからだ。

そうやって周囲を見回していると、近くでいきなり女性の大きな声が聞こえた。

「東郷さんも落ちたわね。商品の場所をお尋ねしても、無視なんですもの」

私を見てにやりと笑うのは、野乃花さんだ。私の左側から歩いてきたようだから、もしかしたらわざと左耳の近くで質問したのかもしれない。

左耳は音が聞こえないため、人の気配も感じにくい。だから、彼女がいることにすら気づかなかった。

野乃花さんの声に反応したお客さまが、こちらに怪訝な視線を向けている。

「気づかず、申し訳ございません」

彼女の言動からして、悪意を持っているのがありありとわかった。けれど、客として訪れているなら責めるわけにもいかず謝罪した。

「気づかなかった？　何度も話しかけたんだから、違うでしょ。私の質問に答えるのが面倒だったんでしょ」

「違います。本当に気づかなかったんです。お詫び申し上げます」

彼女の声がさらに大きくなったせいか、数人のお客さまが足を止めてこちらを見ている。

「どんな商品をお探しでしょうか」

改めて尋ねたものの、彼女は私をにらみつけるだけ。

「もういいわ。こんな扱いを受けたのは初めてよ。気分が悪いわ。帰ります」

まさか、これだけのために足を運んだの？

他人を貶めるために使うパワーの大きさに慄く。

縁談は政略的なものだと聞いたのだけれど、それほど文哉さんとの結婚を望んでいたのだろうか。

「部長さんへの伝言は、間違いなくしてくださいね」

「えっ……」

商品についての質問だけでなく、ほかにもなにか話したようだ。聞こえていないとわかったはずなのに、悪意にまみれた言葉だった。

ハッとした私は、踵を返して出ていく彼女を追いかける。

「お待ちください。伝言とはなんでしょう。もう一度お願いします」

彼女の前に回り込み、頭を下げる。こんなことしたくはないけれど、文哉さんの仕事に影響が出ては困る。

「お断りするわ。他人を無視しておいて都合がよすぎるんじゃない？　あなたの存在が東郷百貨店の歴史を汚すと気づいたらいかがかしら？」

私が東郷の歴史を汚す？

話が大きくなり、激しく戸惑う。

自由がないと感じていた文哉さんは、イギリスで働いていたほうが楽だっただろうに、重い責任をみずから背負いに来たのだ。それなのに、妻である私が足を引っ張るわけにはいかない。

「お願いです。教えてください」

悔しさを胸に隠してもう一度頭を下げた。

「ぺこぺこして滑稽ね。社長夫人なんて務まるはずがないわ。さっさと身を引きなさい」

結局彼女は、伝言の内容について教えることなく去っていった。

間違いなく、わざとやっている。

そもそも、私を通して文哉さんとコンタクトをとるのがおかしい。仕事の話なら、営業本部に電話なりメールなりすればいいことだし、むしろそうするのが筋だ。プライベートの話なら、文哉さんに直接伝えるか会長を通せばいいのに。

「どうして……」

彼女はそれほど文哉さんが好きなのだろうか。

困ったことになった。

野乃花さんのことは忙しい文哉さんの耳に入れる必要はないと思っていたけれど、仕事に関する話ならばそうも言ってはいられない。彼に事情を話して接触してもらうしかない。

営業本部に行かなければ。

一旦催事場に戻り井戸さんを探したけれど、休憩に入っているのか見当たらなかった。

「どうしよう……」

勝手に職場放棄するわけにもいかず困っていると、藍華さんに肩を叩かれた。

「藤代さん、キョロキョロしてどうしたの？」

渡りに船だ。

「すみません、少し抜けたいのですが、井戸さんが見当たらなくて」

「休憩に行かれたかも。顔が青いけど、体調悪い？」

「体は大丈夫です。でも……」

なんと話したらいいのだろう。

「ここは任せて。井戸さんには適当にごまかしておくから。そもそもこれだけ人が多いと、いないことにも気づかれないかも」

ペロッと舌を出してお茶目に笑う彼女は、なにかあると察したようで私の背中を押す。

「困ったら頼ればいいの。ほら、行った」

藍華さんがいてくれて助かった。

私は催事を出て、営業本部へと走った。

すさまじい勢いでドアを開けて飛び込んだせいで、本部の人たちの視線を浴びてしまった。室内を見回したが、文哉さんの姿がない。

「すみません。来栖さんにお伝えしないといけないことがあるのですが、どちらに」

売り場を回っているか会議か……。

「来栖部長は、今日は外回りです。お帰りは十八時半過ぎと聞いています」

社内にいないとは。

「伝言しましょうか？」

「大丈夫です。失礼しました」

伝言しようにも、その内容がわからないのだ。

本部を出た私は更衣室に走り、ロッカーからスマホを取り出して、文哉さんに電話を入れた。クライアントのところにいるのであれば迷惑だと思ったけれど、マナーモードにしているだろう。

出てくれるのを期待したものの、留守番電話に切り替わってしまった。気づいて折り返してくれるのではと期待して少し待ってみたものの、電話が鳴る気配はない。

商談中なのかもしれないと、メッセージをしたためて送信した。

本当は規則違反だが、ポケットにスマホを忍ばせたまま催事場に戻る。

少し離れたところに藍華さんを見つけて近寄ろうとしたけれど、彼女に手で制された。戻ったのがわかったから大丈夫ということだろう。

それからはそわそわしつつも、笑顔で接客を続けた。

十七時半までの業務を終えて、バックヤードでスマホをチェックするも、文哉さんからの返信はないし、既読にすらなっていない。

「藤代さん。……藤代さん」

どこからか呼ばれているのに気づき、慌てて周囲に視線を送ると、背後から井戸さんが駆けてきた。

「内線が入って、社長室で会長がお待ちだそうです」

勝手に抜けていたことを叱られると思いきや意外すぎる言伝で、一瞬言葉をなくす。

「会長が？」

「すぐに行って。伝えたからね」

「はい、ありがとうございます。お疲れさまでした」

頭を下げると、彼女は私とはかかわりたくないとばかりに、さっと去っていった。

別館にある社長室にはもちろん行ったことはなく、緊張しながら足を進める。

会長は私が文哉さんの妻だと承知していて呼んでいるはずだ。厳しい言葉が飛んでくるのは覚悟しなくては。

社長室の隣の秘書室に声をかけると、すぐに案内してくれた。

――トントントン。

「藤代さんがいらっしゃいました」

「入りなさい」

部屋の中からするのは社長の声だろうか。

大きく深呼吸したあと、秘書が開けてくれたドアから一歩部屋に足を踏み入れる。

「藤代です。お呼びでしょうか」

会釈して顔を上げると、ソファに男性がふたり座っている。眼鏡をかけた細身の男性と、白髪交じりではあるもののきちんと整えられた髪に鋭い目をした男性だ。

眼鏡のほうは現社長だ。もうひとりは会長ということになるが、会社のWebサイトの写真で見る、にこやかに微笑む姿とは印象が違う。険しい表情をしており、まるで別人。一瞬わからなかった。

「文哉をたぶらかした従業員は、君か」

「たぶらかしてなど……」

会長からのいきなりの刺々しい言葉に、顔が引きつる。

「文哉はこれからこの会社を背負っていくんだ。君では分不相応だ。文哉には将来がある。それなのに、君に足を引っ張られてはたまらない。すぐに離婚しなさい。文哉にとっては汚点となるが、引きずるよりずっといい。手切れ金が欲しければ用意――」

「いりません」

あまりにひどい発言で、思わず遮ってしまった。

手切れ金なんていらない。そもそも文哉さんと別れる気はないし、汚点になんてなるつもりはない。

「そうか。それじゃあここに署名を」

会長がジャケットの内ポケットから出したのは、離婚届だ。一方的なうえ用意周到すぎて目を瞠る。

文哉さんはずっとこうして威圧されながら生きてきたのだろうか。逃げたくなる気持ちがよくわかった。

「離婚はしません」

「そんな選択肢を与えた覚えはない」

怒りを纏った声を出す会長は、ドンとテーブルを叩く。

「来栖家に、君のような雑草はいらない。文哉の伴侶はもう決まっていたんだよ。それなのに勝手なことをして」

雑草って……。そんなふうに言われたのは初めてで、怒りが湧いてくる。けれど、来栖家のような由緒正しき家柄の人からしてみればそうなのかもしれない。

ただ、文哉さんの伴侶を会長が決めるのは間違っている。文哉さんには文哉さんの人生があって、どの道を進むのかは彼自身が選択すべきだ。

「文哉さんにだって、自分の人生を選ぶ権利があります」

「君、会長に向かって無礼だ。口を慎みなさい」

社長までもが視線を尖らせ、私を責める。

「いえ。私はともかく、文哉さんは相当の覚悟で帰国され、東郷百貨店の発展のために走り回っていらっしゃいます。会長が決められた人生を歩むために戻ってこられたわけではありません」

どうしたらわかってもらえるのだろう。会長自身も政略結婚だったようなので、婚姻にビジネスが絡むのは当然だと思っているのかもしれないけれど、当の文哉さんはそれを望んでいない。

「君になにがわかる。今日、君がした失態は文哉がかぶることになるんだ。君は疫病神だ！」

「失態……？」

なにをしたのだろうと考えるも、心当たりがない。……いや、もしかして……。

「野乃花さんの伝言ですか？」

「そうだ。矢島社長が至急呼んでいらっしゃったのに、文哉はすっぽかした。今頃謝罪に向かっているはずだ」

「そんな」

「野乃花さんは君にはっきり言伝したようだが、文哉はなにも聞いていないと言う。片耳が聞こえないそうじゃないか。それがどれだけ迷惑をかけているのか、いい加減に気づきなさい！」

会長の叱責に放心する。もしかしてこれは、私たちの結婚に反対する会長と矢島社長が手を組んで仕掛けた罠ではないだろうか。

長年会社のトップに立ってきた人が、そんな大切な伝言をおかしな方法でするわけがない。

「矢島社長はひどくご立腹だ。このまま取引が停止になれば、どう責任を取るんだ」

会長は、こめかみの血管を浮かせて憤る。

やはり変だ。取引停止になるほど矢島社長が怒っているなら、社長も謝罪に出向くのが普通だろう。それが誠意というものだ。

「責任だなんて……。それほど重要な連絡を、私に伝えるのはおかし――」

反論の途中で会長が立ち上がるので、緊張が走る。

「文哉に余計な謝罪をさせて、なにが妻だ。今回の件で、アローフードとの取引に支障をきたすのは間違いないだろう。君はクビだ」

「待ってください」

野乃花さんはわざと私に教えなかったのに、そんなのありえない。でも、証拠がなにひとつなく、それ以上反論できなかった。

「会社に損害を与えたのだから当然だろう。矢島社長も、娘の野乃花さんと文哉の結婚が成立すれば考え直してくれるかもしれない。君は東郷をつぶすつもりか？　いや、文哉を窮地に追いやりたいのか？　この件が知れ渡れば、文哉の社長就任は叶わないんだぞ」

東郷百貨店を継がせたかったのは会長のはずだ。会長が、文哉さんを失脚させるわけがない。

間違いなく私を陥れようとしているのがわかっても、これだけ万全にシナリオを準備されていては、言い返す言葉が見つからなかった。

「……私の失態はお詫びいたします」

私は悔しさに唇を噛みしめながら頭を下げた。

「ですが、文哉さんは約束を破ったわけではなく、聞いていらっしゃらなかっただけです。彼にはなんの落ち度もありません」

「当然だ」

再び腰を下ろした会長は、ピクッと眉を上げて言いきる。

「辞めろとおっしゃるのであれば、退職いたします。ただ、文哉さんの情熱を削ぐのだけはやめてください」

入社以来、必死に頑張ってきた仕事を手放したくなんてない。片耳が不自由なせいで苦労はあったし、辛辣な言葉も投げつけられた。けれど文哉さんが帰国して、少しずつ自信がついて……希望でいっぱいだったのに。

でも、迷いに迷って会社を継ぐと決め、そのために毎日奔走している文哉さんに、絶望なんて見てほしくない。

「そんな心配を君がする必要はない。文哉の優れた手腕は、すでに他社にも知れ渡っている。アローフードとの絆が深まれば、盤石(ばんじゃく)な体制が整うだろう」

退職するとは言ったが、離婚するとは言っていない。しかし会長は、もうすでにそのつもりでいる。

「それでは、ここにサインしなさい。退職金くらいは出そう」

会長は再び離婚届を私の前に差し出した。

「いえ。夫婦のことですから、離婚については文哉さんと話し合わせてください」

「往生際が悪い。さっさと書けばいいんだ」

投げつけられた万年筆は、文哉さんの物とは異なるが高級品。それなのに、まったく価値を感じられないのが残念だ。それはきっと、愛着の欠片も見えないからだろう。

お客さまに喜んでもらうために必死に走り回ってよいものを求め、それを販売する。文哉さんはイギリスでそうした努力をこつこつ積み重ねてきたはずなのに、こんなふうに扱われたらきっと悲しむ。

「文哉さんと話をさせてください」

精いっぱいの抵抗だった。けれど、会長は首を横に振る。

「文哉は君の耳が不自由なことに同情しているんだ。優しい文哉が、簡単にうんと言うわけがないだろう。君は同情で文哉を縛るのか？」

違う。文哉さんは同情で私を求めてくれたわけではない。

「文哉さんはそんな人じゃない」

ようやく口から出てきたのは、そんなつぶやきだった。

「お父さまは、文哉さんのことを本当に理解していらっしゃいますか？」

会長とは言わず、あえてお父さまと問いかけた。仕事上の立場ではなく、文哉さんの家族として、どう考えているか知りたかったのだ。

「君にお父さまなんて呼ばれたくない。早く書きたまえ」

会長がそう吐き捨てると、社長が落ちた万年筆を拾い、私に無理やり握らせる。

「ほら」

会長はテーブルの上の離婚届を手でバンと叩いた。

「書きません」

文哉さんから迷惑だと引導を渡されたならまだしも、彼の気持ちを聞いていない。

拒否すると、会長はあきれたように大きなため息をついた。

「君、生き別れたお父さんがいるらしいね」

「えっ……」

唐突に父のことに触れられて動揺が走る。

いろいろ調べられているのだろうなとは感じていたものの、まさかずっと会っていない父についてまで調査が及んでいるとは。

でも、当然か。歴史ある由緒正しき来栖の家門に傷をつけられたら困るのだろう。

徹底的に私の弱みを洗い出しているに違いない。

「お母さんとは離婚されて、新しい家庭があるとか。離婚も君の耳が原因だったのではないかね」

まさにその通りで、息を呑む。

父を誤解していたとはいえ、両親の言い争いの原因はやはり私の耳なのだ。

「お父さんに、迷惑を被っていると連絡差し上げたほうがいいのか?」

「やめてください。父は関係ありません」

文哉さんのおかげで、ようやくこれから親子として心を通わせられると期待が膨らんでいたのに、父まで巻き込まないで。

「そうかな。君の父親なんだよ。新しいご家庭が壊れないといいね」

不適に微笑む会長は、新しい家庭を壊してやると言っているのだ。

「そんなの脅しです。どうしてそこまで……」

「当然だろ。君は来栖家を壊そうとしているんだから」

「そんなことは……」

来栖家を壊す?

そんな気持ちはまったくない。

そもそも、文哉さんと会長の確執は以前からあったはずだ。私と結婚して対立が深まったのかもしれないけれど、それが原因で来栖家が壊れるというのは納得しがたい。

「お父さんに東京まで来ていただいて、土下座でもしていただこうか」

「お願いです。やめてください」

会長の言葉に、背筋が凍った。

もしかしたら父は、言う通りにしてくれるかもしれない。けれど、前妻との娘のために土下座までする夫を、今の妻はどう思うだろう。

「どうも息子さんがいるらしいね」

私は会ったことはないけれど、たしかに父と今の妻の間には、高校生の男の子がいる。

「息子さんは、あなたの存在を知らないようだ。それどころか、お父さんが再婚だということも。隠しているんだろうね」

「なにをおっしゃりたいんですか？」

その息子に私の存在をばらすぞと？

父は不貞行為を働いたわけではなく、母と離婚してから今の妻に出会っている。だからなにも問題はないけれど、今の妻が息子には黙っていてほしいと願ったのかもしれない。

高校生といえば多感な年頃だ。突然、しかも見知らぬ人からそんな事実を告げられたら、ショックだろう。

幸せな家庭に余計な波風を立てたくない。

「父の家族は、私とは無関係です。お願いです。手を出さないでください」

「それなら、君がやるべきことはひとつだ」

今度は社長が離婚届に手を置き、私に記入を迫る。その間会長は、笑みを浮かべていた。

「なにをすればいいのだろうね。好きに解釈していいよ」

会長は、勝ち誇ったように鼻で笑う。

「……わかり、ました」

本当は、まったく理解できない。でも、私の耳のことで散々悩んだだろう父に、ましてや穏やかに暮らしているその家族に、これ以上迷惑をかけられない。

あれほど私を理解し、優しく包み込んでくれる文哉さんと別れるなんて苦渋の決断ではあるけれど、もうどうしようもないほど追い詰められていた。

震える手で万年筆を握りしめ、まだ慣れてもいない来栖という文字を記す。悲しくて涙があふれそうになったけれど、歯を食いしばって耐えた。

〝弥〟の字を書き終えたとき、脱力してしまった。こんなあっけない幕引き、誰が予想できただろう。

まるで撤回させないと主張するかのように、すっと離婚届を奪った会長は満足げだ。

「ひとつ、お聞きしてもいいですか？」

「なんだね」

「文哉さんは、会長のなんですか？ 大切な息子さんですよね」

「なにあたり前のことを……」

会長はにやにや笑う。

「文哉さんは、会長の持ち物ではありません。彼には彼の意思があります。お願いです。どうか彼をつぶさないでください」

文哉さんが、私との結婚を両親の許可を得ずに強行した理由が、今日よくわかった。話し合いで解決できる相手ではないのだ。

文哉さんが会長の敷いたレールにあぐらをかき、惰性で生きているような人であればこんな言葉は出てこない。

しかし彼はイギリスに単身で乗り込み、すさまじい努力を重ねてきた。おかげで仕事はできるし、着任して間もないのに従業員からの信頼も厚い。会長の操り人形にならずとも、東郷を背負う能力を十分に有している。

「生意気な。まあ、なんとでも言いなさい。もう来栖家には関係ない」

離婚届を内ポケットにしまった会長は、余裕の笑みを浮かべる。

「失礼します」

私は敗北感いっぱいで社長室を出た。

これで大好きな仕事も、生涯寄り添うと決めた夫も失ってしまった。

でも、父とその家族を引き合いに出されては、身動きが取れない。もう私のせいで誰かが苦しむのは見たくなかった。

別館を出ると、黒く垂れこめた雲からパラパラと雨が降りだしてくる。

バッグの中に折り畳みの傘はあったけれど、それを取り出すことなくそのまま歩き続けた。

雨粒がアスファルトを叩きつける音のせいで周囲の気配を感じられなくなる、怖くてたまらない雨の日。私はいつもびくびくしながら歩いた。車が水をはねながら進む音や、バシャッと水たまりを踏む人の足音。それらすべての音源がどこなのかもわからず、恐怖のあまりどこかに逃げてしまいたくなる。

けれど、心がぽっきり折れた今日はそれすら気にならず、放心したまま歩き続けた。

欲しいのはお前だけ　Ｓｉｄｅ文哉

商品の輸入の件で三谷商事の担当者と面会していると、俺に至急の連絡が入っていると教えられ、商談をそこまでにしてもらって三谷商事を出た。

営業本部に電話を入れるために電源を落としておいたスマホをバッグから取り出すと、紗弥から何通もメッセージが届いている。

それらを開くと、野乃花さんが彼女に接触したのがわかり、背筋が凍った。間違いなく父の差し金だからだ。

野乃花さんの伝言を聞き取れず、聞き直しても教えてもらえなかったというメッセージを見て、悪意を感じた。

とにかく会社に連絡しなければと電話をかけると、アローフードの矢島社長が、俺が約束通りに来ないと立腹しているという。そもそもアポイントなんてなかったし、突然来いと言われても俺の都合もある。そのあたりを部下に確認すると、『アポイントの承諾は得たという返事でした』と返ってきた。

面会の申し込みなど聞いていないのに承諾するもなにも……と思ったところで、紗弥の顔が浮かんだ。

野乃花さんだ。紗弥と接触したのは、その伝言を紗弥に託すため。しかも彼女が左耳が不自由だと知っていて、わざと聞こえないように話したに違いない。

父にはまだ紗弥の耳については明かしていないが、俺たちを別れさせるために調べ上げたのだろう。父ならやりかねない。

紗弥が心配だったものの、とにかく矢島社長に会わなければと、すぐさまタクシーを拾ってアローフードに向かった。

立腹していると聞いていた矢島社長は、なぜか笑顔で俺を社長室に迎え入れた。

「お約束を頂戴していたようですが、守れずに申し訳ございません」

本当なら謝りたくもないが、社会人としては仕方がない。首を垂れると、すぐにソファに座るように促された。

「文哉くんまで伝言が伝わっていなかったようだね。君に落ち度はないよ。問題はその伝言を失念していた部下だ」

紗弥を責めるような言い方をされて、怒りがこみ上げる。

「重要な案件は、営業本部にお電話を入れていただくか、メールを頂戴できますでしょうか。そもそも弊社の売り場従業員は、伝言係ではございません」

強い言い方をしたせいか、矢島社長の顔が引きつる。しかし、後悔はない。大事になっていると知ったときの紗弥の動揺を思えば、この程度で済ませたくはない。

「……そ、そうだね。これからはそうしよう。だが、あちらの従業員から進んで伝言を託すよう言われたそうだよ」

見え見えの嘘をつく矢島社長にあきれる。

「藤代が私の妻だと知っていて、野乃花さんに接触させたのですよね。妻は野乃花さんを知らないのに、どうしたら妻からアクションを起こせるのでしょう。妻の左耳が不自由なことまでご存じのようで」

含みを持たせた言い方をすると、一瞬矢島社長の顔に動揺の色が浮かんだ。

「耳が……。そうなのかね。そんな人をわざわざ妻に迎えずとも――」

「わざわざではございません。私が追いかけ続けてようやく振り向いてもらえた素敵な女性ですから」

社長の言葉を遮ると、目を丸くしている。

自分の娘を妻の座につかせたいのだろうがまっぴらごめんだ。平気で他人を傷つけるような女を、愛せるわけがない。

「文哉くん。若い頃は気持ちだけで突っ走れる。君は優しいから奥さんに同情したんだろうが、きっと何年後かに後悔する羽目になるよ。今ならまだ間に合う。野乃花との縁を考えてみないか。きっと君にも東郷百貨店にも利益があるはずだ」

利益？　笑わせるな。

心の中で叫ぶも、口には出さない。にっこり笑って話し始める。

「同情ですか。そうですね、私は野乃花さんに同情申し上げます。私が他人を傷つける人間をもっとも嫌うことにまったくお気づきになられず、さらに心の距離を広げてしまうとは。ですがこれで、縁談をお断りしたのが正しかったと確認できました。ありがとうございます」

「は……？」

できるなら、その間抜け面を殴ってやりたい。左耳のことで苦しみながらも真摯に生きる紗弥を、悪意で汚した罪は重い。

「冷静になりなさい。取引がなくなるぞ」

社長は焦っているが、痛くもかゆくもない。先ほどの三谷商事との話し合いで、アローフードの仕事がいかに怠慢で、今までの実績にあぐらをかいているだけなのかよくわかった。時代は刻々と動いているのに、既存の取引先にだけ頼り、現在人気がうなぎ上りのメーカーとはつながってすらいない。

三谷商事の担当者は、『アローフードさんは敵だとは思っておりません。まったく怖くありませんから』とはっきり斬った。

「承知しました。それでは取引を停止しましょう」

「なっ……。そんなことをしたら、売り場から商品がなくなるぞ」

俺の反論が意外だったのか、社長は腰を浮かして焦っている。

「もうすでに別の会社から供給を受ける契約を結んでおります。ご心配には及びません」

三谷商事とは話がついている。即日発注も受けてくれるようだ。

「そんなこと、お父上が許されるとでも？」

「父はすでに経営から身を引いた会長職です」

そもそも、若い者に任せて新しい風を入れると世間にアピールしたくて、そう決めたのは父だ。裏で社長を操っていようが、会議にまでしゃしゃり出てくることはできない。父の命を受けた社長がアローフードとの関係継続を模索しようとも、切るべきだという反対材料はいくらでもある。負ける気がしない。

「野乃花との結婚は、お父上の願いでもあるんだぞ」

「だからなんなのでしょう。私はとっくに成人しています。誰と結婚するかは私が決めます。結婚前に、野乃花さんとの縁談ははっきりお断りしたはずです。これ以上すがられてもみっともないだけですよ。仕事の面でも、それほど自信がおありになる矢島社長なら、東郷百貨店の力を借りなくても経営を健全化させるくらいお手のものでは？」

娘と結婚させて関係を強化すればアローフードも東郷も安泰だと、本気で思っているのだろうか。表向き父はそう口にしているだろうが、いずれは安くアローフードを買い叩き、吸収するつもりのはず。それまで逃げられないように、プライベートで縁を作ろうとしていただけだ。

ただ、俺に言わせれば、今のアローフードは買う価値もない。切り捨てるのが妥当だ。

「そ、それはもちろんだが」

声が小さくなってきた。父も矢島社長も、威圧すれば引くと思ったら大間違いだ。今まで周囲にイエスマンしかいなかったのか、反論する者を切ってきたのか知る由もないが、そのつけが来ているだけ。今さら慌てても遅い。

「今後、妻に近づくことは一切おやめください。野乃花さんにもそうお伝えください。それでは」

まったく腹の虫がおさまらないが、社長が真っ青な顔をして黙り込んでしまったため、一旦引くことにした。

アローフードの売り上げの四分の一は東郷との取引で上げているため、それがごっそりなくなっては倒産が見えてくる。

「ひざまずかせてやる」

もう我慢ならない。

アローフードを出ると、いつの間にか降りだした雨が俺の気持ちをいっそう下げる。

きっと紗弥がやきもきしていると思いスマホを取り出すと、真山さんから何度も電話が入っていた。

折り返そうとすると、再びスマホが震えだす。

『ようやく捕まった』

焦りを纏った真山さんの声に緊張が走る。

「なにかあったんですか？」

『藍華から、藤代さんの様子がおかしいと連絡が入って催事を覗いたら、社長室に呼ばれたと』

「社長？」

『会長が来られているみたいだ』

「すぐに戻ります」

俺が別れを承諾しないから、紗弥に接触しようとしているのだろう。

すぐさまタクシーを捕まえて乗り込んだあと、紗弥に電話をした。ところが何度かけても留守番電話になってしまい、捕まえられない。

そもそも電話が苦手な彼女は、外では取らないことが多いのだが、電話の合間に送ったメッセージも既読がつかず、ひどく焦る。

「すみません、急いでください」

雨のせいか、いつもより渋滞が激しいのが痛い。

もしかして、父は俺抜きで紗弥と話をするために、俺をアローフードに足止めしたのだろうか。社内にいれば面会をすぐにでも阻止できる。俺が外回りなのを確認し、さらにはすぐに帰ってこられないようにしたのかもしれない。

そこまで手を回すとは考えたくもないが、父ならやりかねない。いつも強引に、姉や俺を自分の言いなりにさせてきたからだ。

紗弥は間違いなく、別れを強要されているはず。約束を伝えられなかったと責められている姿がありありと浮かんだ。

東郷まであと少し。ふと窓の外に目をやると、雨の中傘もささずに、歩道を放心した様子で歩いている女性を見つけた。

「紗弥？」

それが紗弥だと気づいた瞬間、息が止まりそうになった。

「停めてください。ここで降ります」

慌ててタクシーを降りたものの、紗弥は大通りの向こう側だ。通りを横切ろうにも交通量が多くて、二百メートルほど先にある歩道橋を渡るしかない。

「紗弥、紗弥！」

全速力で走りだした俺は、通りの向こうに叫んだ。

しかし、周囲の人たちが好奇の眼差しを向けてくるだけで、紗弥が気づく気配もない。左耳がこちらに向いているうえ、雨音や周囲の喧噪のせいで聞こえないのだ。

「くそっ」

明らかに様子がおかしい紗弥を、一秒でも早く抱きしめたい。父に傷つけられたのは明白だった。

走りに走り、歩道橋の階段を駆け上がる。

「紗弥！」

紗弥は雨を拭う仕草すらせず、ただ前を見据えて歩き続ける。

ようやく階段を下り、さらに数十メートル先にいる紗弥をめがけて走りに走る。心臓が破れそうなほど息が上がっていたものの、足を止められなかった。

「紗弥！」

ようやく追いつき、彼女の前に回り込む。すると、彼女はうつろな瞳で俺を見つめた。こんな生気のない彼女を見たのは初めてだ。

「紗弥。どうしたんだ。なにがあった？」

ずぶ濡れの彼女を抱き寄せて聞くも、いつものように体を預けてくれない。まるで丸太を抱いているようだった。

「紗弥？　どうした」

もしや聞こえていないのではないかと思い、右耳に口を近づけてもう一度尋ねた。しかし結果は同じ。紗弥は両手をだらりとさせたまま突っ立っていて、なにも話そうとしない。

「こんなに濡れて……。風邪をひく。とにかく帰って温まろう。いや、どこかホテルに……」

これほど濡れていてはタクシーにも乗れない。かといって電車も難しく、近くのホテルを目指して彼女の手を引く。しかし、振りほどかれて驚いた。

「紗弥？」

「もう、ダメなんです」

彼女の声が震えていて痛々しい。

「なにがダメなんだ？　野乃花さんのことは聞いた。アローフードの矢島社長にも会って話をつけてきた。なにも心配いらない」

野乃花さんからの言伝を伝えられなかったことに罪悪感を抱いているのか、はたまたそれを父に執拗に責められたのか。

彼女が顔をゆがませるので、もう一度抱きしめた。通りかかる人たちがちらちら見ているが、そんなことは気にしていられない。

「紗弥。父がひどいことを言っただろう。本当に申し訳ない。でも、父には俺からもう一度話をするから――」

「離して」

弱々しい声で俺を拒絶する紗弥は、首を横に振った。

「もう、私たちは終わったの」

「終わった？　どういう意味だ？」

「離婚……離婚届に署名……」

離婚届？

まさか父はそんなものまで用意して、紗弥に離婚するよう迫ったのか？

常軌を逸した行動に、すぐさま言葉が出てこない。

「離婚なんてしないぞ。紗弥をあきらめられるわけがない」

つい鼻息が荒くなる。父から離婚を迫られただろう紗弥にこんな言葉をぶつけても意味がないのはわかっている。けれど、俺の気持ちはひとつだ。彼女を失ったら生きていけない。

「あきらめるかよ。紗弥を愛してるんだ」

紗弥の細い体に突き刺さる雨が彼女を溶かしてしまいそうで、強く抱きしめてしまった。

「離さない。絶対に離さない。ごめんな。紗弥にこんなつらい思いをさせるなんて、夫失格だ」

腕の中で震える彼女は、首を横に振りながら俺の胸を押し返そうとする。

離してなんかやらない。紗弥は俺の妻なのだ。たったひとり、生涯愛すると決めた女性なのだから。

「紗弥は俺と離婚したいの？」

父に離婚を強要されたのは明らかなのに、必死に俺を拒絶しようとするのが痛々しくて、彼女の右耳の近くで尋ねる。

すると、紗弥は抵抗をやめ、声を殺して泣き始めた。

「……もう、誰も傷つけたくないの。私のせいで苦しむ人がいるのはもう嫌なの」

震えた小さな声は、たしかに俺に届いた。

「紗弥のせいで苦しむってどういうことだ？　話してくれ。俺が必ず解決する」

「どうして……」

「紗弥？」

「私は幸せになったらいけないの？」

悲しいひと言は俺の胸をえぐった。しかし、彼女の心にはもっと深い傷ができてしまったに違いない。

俺のジャケットを握りしめ、再び嗚咽を漏らし始めた紗弥を抱き上げた。

「文哉さん？　下ろして」

「もっと呼んで。紗弥に名前を呼んでもらえるだけで、幸せなんだ」

初めて下の名で呼んでもらえたとき、どれだけ舞い上がったか。どれだけ胸が震えたか。

一生彼女の声を聞いていたい。そして俺は彼女の右耳で愛をささやいていたい。

「文哉さん……」

父のせいで彼女が傷ついたのは本当に申し訳ない。もっと早くに決着をつけておくべきだった。いや、仕事を手放して、紗弥と誰も知らない土地に逃げればよかった。

そんな後悔が襲ってくるけれど、東郷を愛してくれる紗弥のためにも、歴史をつなぎたいと欲張ってしまった。

「謝って済むことじゃないのはわかってるけど、本当にすまない。せめて紗弥の心の傷は俺に癒させてほしい」

そもそも俺と結婚なんてしなければ、こんなふうに泣く羽目にはならなかっただろう。けれど、一万キロメートルほど離れたイギリスで彼女に出会い、帰国してから完全に恋に落ちた俺は、彼女を求める気持ちを止められなかった。

もちろん紗弥をあきらめるつもりなどこれっぽっちもないし、俺から別れを切り出すことは、誓って一生ない。万が一彼女が離れていっても、何度でも追いかける。

「愛してる」

心の底からの叫びを口にすると、紗弥はもう抵抗しなくなった。俺に体を預けて、唇を噛みしめながら涙をこぼす。

彼女の頬に落ちてくる冷たい雨が、その涙を隠すように激しくなってきた。きっと紗弥の心の中は凍えるように冷たいはずだ。

彼女を抱いたまま近くのホテルに向かうと、ベルボーイが慌てて飛んできて傘をかざしてくれる。

「すみません。予約がないのですが、部屋は空いてませんか？　どの部屋でも結構です」

「ご案内します」

よかった。これで紗弥を温められる。

ずぶ濡れの俺たちに驚いたフロントクラークは、すぐに部屋を用意してくれた。

ダブルベッドの置かれたその部屋に入ると、たくさんのタオルを持ってきてくれて助かる。

とにかく唇が青くなってきた紗弥の体を温めなくてはと、風呂に湯をためた。その間にタオルで彼女を拭いたものの、震えが止まらない。

「ごめんなさい」

彼女は同じように濡れた俺を見て、消え入るような声で謝罪をするけれど、どこに非があるというのだろう。

「謝ることなんてなにもない。夫なのに守れなかった俺が悪いんだ」

「違う」

「違わない。父が強引な人だと知っていた。話し合おうにも話も聞いてもらえず……。それでもなんとかして説得すべきだった」

紗弥は盛んに首を横に振る。でも、来栖家の問題で傷つけてしまったのは明らかだ。

「いや、紗弥を連れて逃げればよかった。今からでも――」

「ダメ。お願いです。東郷を守って。楽しいことばかりじゃないけど、たくさんのお客さまに出会って、喜んでもらえて……。東郷は私の大切な場所なんです。きっとお客さまもそう。文哉さんが歴史をつながなければ、なくなってしまうかもしれない」

「でも……」

たしかにデパート業界の未来は明るいとは言えない。その中で東郷百貨店だけが売り上げを伸ばし続けているのは、真山さんたち優秀な社員のおかげなのだが、父がこのまま裏で権力を握り続けたら、そのうち彼らも逃げていくだろう。そうなれば、古い体質に固執する者ばかりが残り、東郷の未来もなくなる。

「私が嫌なんです」

「紗弥……。とにかく先に温まろう。お風呂に入っておいで」

紗弥の気持ちがありがたい。でも、彼女を傷つけてまで会社に執着するつもりはない。

「文哉さんが先に」

「紗弥はそうやって自分を犠牲にする。もっと図々しくなれと話したじゃないか」

お願いだ。自分をいたわることを覚えてくれ。

「ほら。早くしないと脱がせるぞ」

そこまで言うと、彼女はようやくうなずいてバスルームに向かった。

紗弥と交代で風呂に入った俺は、ソファに座りバスローブ姿で放心している紗弥の前まで行き、ひざまずく。

「湯冷めする。ベッドに入ろう」

「文哉さん、お仕事は？　アローフードの矢島社長が――」

先ほど話したが、聞こえていなかったようだ。いや、耳から言葉は入っていても心が閉じていたのかもしれない。

「話をつけてきたから心配ない。紗弥は、はめられたんだ」

そう伝えると、彼女は目を泳がせた。

紗弥自身も罠を張りめぐらされていたことに気づいているのだろう。

「話をつけてって……」

「今日は、アローフードの代わりになる商社との商談に行っていたんだ。細かい詰めはまだ残っているけど、すでに輸入できる体制を整えた」

「アローフードの代わり？」

彼女は不思議そうに俺を見る。

「そう。実績、将来性、社員の質、そして価格。そうしたすべての面を鑑みて、食品の輸入は他社に変更すべきだと考えた。会議でもそれとなく示唆したし、反対できないだけの根拠もそろえた」

「野乃花さんは？」

おそるおそる聞いてくる紗弥を、思わず抱きしめた。

「彼女との縁談は断ったと話したじゃないか。紗弥を傷つける女をどうしたら好きになれる？」

紗弥は無意識なのか、俺のバスローブを強くつかんでくる。俺は彼女を抱き上げて、ベッドに運んだ。

「湯冷めする。ここで話そう」

枕を背にして座らせた紗弥を布団で包み、右隣に座る。

「俺は、紗弥以外の女と結婚するつもりはないよ。紗弥しかいらない」

「そんな……」

彼女は目を見開くが、俺は本気だ。

「なあ、紗弥。父になんと言われて離婚届を書かされたんだ」

問うと、眉をひそめる彼女はうつむいてしまった。

「……父のことを持ち出されて……」

「お父さんのこと？」

父には紗弥の両親についてひと言も触れていないのに、俺たちの結婚を白紙にするためにあらゆる情報を調べたのだろう。

「それで？」

「私の耳が原因で離婚したんだと言われて、来栖家が迷惑を被っていると連絡するって」

「なんて……」

あまりにひどい仕打ちに、それ以上言葉が出てこない。彼女は片耳が不自由なことでたくさん傷ついてきたのに、父はその傷に塩を塗ったのだ。

「お父さんと今の奥さんの間の息子のことも知っていて、お父さんが再婚だと知らない彼に、私の存在をばらすって」

紗弥の目からはらはらと涙がこぼれ始め、頬を流れてかすかに震える手に落ちていく。

俺はその手を両手で包んだ。

「本当にすまない。来栖家がなんだっていうんだ。もう、我慢ならない。父をつぶす」

「えっ……？」

「矢島家と一緒に落ちてもらう。念のために、愛知のお父さんには俺が連絡しておくから心配いらない」

紗弥を連れて、父の息のかからない場所に飛んだほうがてっとり早い。イギリスに戻って、あちらで新しい事業を始めるのもいいと考えたが、紗弥が東郷の未来を案じてくれるなら俺が守らなければ。そのために、父には完全に手を引いてもらうし、結婚についてもとやかく言わせない。

「そんなことしたら……」

「そもそも、仕事で文句が言えないくらいの成果を上げて、野乃花さんとの縁談が意味のないものだと証明しようと思ってたんだ。それで、三谷商事と接触して、今日正式にいい返事をもらった」

「本当に？」

彼女は泣きそうな、それでいて希望を探るような複雑な表情で、俺を見つめる。

「本当だ。アローフードの矢島社長からは取引を止めると脅されたから、どうぞと話してきた。父や矢島社長の好きなようにはさせない」

目に涙をいっぱいためて何度もうなずく紗弥は、必死に酸素を貪っている。気持ちを落ち着けているのだと思った俺は、彼女からの言葉を待った。

「……本当に、私のせいで迷惑をかけることはないんですか？」

紗弥がようやく絞り出した言葉は、今までの壮絶な人生を思わせた。片耳の不自由を抱える彼女は、いつもそんなふうに引け目を感じて生きてきたのだろう。でも、もう今日で終わりにする。

「もちろんだ。ずっと俺の隣にいてもらわないと困る。俺が踏ん張れるのは紗弥がいてくれるからなんだよ。それに、紗弥は自分ばかりが俺に負担をかけていると思っているけど、俺のほうがかけてるじゃないか。父や野乃花さんのこともそうだ」

「負担だなんて」

「だったら、俺もだ。紗弥を負担だと思ったことなど一度もない。それどころか、俺を幸せにしてくれる天使なんだよ」

紗弥の存在がどれだけ俺の人生にいい影響を与えているのか、きっと真山さんに聞いたらわかる。

「紗弥は、俺にたくさんの気づきを与えてくれる。自分の人生を自分で選択するためにイギリスに行ったのに、意思を貫くどころか逃げることばかり考えていた。でも紗弥の手紙で、俺は俺自身の人生を取り戻したんだ。日本に帰って東郷の歴史をつなごう。紗弥と一緒にお客さまを喜ばせようって」

これは大げさでなく、事実だ。

「俺、小さい頃から父に連れられて大口のお客さまに会ったりしてたんだ。俺をかわいがってくれたとある女性に、『東郷は私の思い出そのものなのよ。ここに来ると幸せまで買える気がするの。文哉くんにずっと続けてほしいな』と言われて、継ぐことを約束したんだ」

ところが、父が欲しかったのは自分の言いなりになる奴隷だけ。それを知ったとき、目指すべき目標を失った。

けれど今は違う。紗弥と一緒に東郷百貨店の新しい未来に期待している。

「でも、一番大切なのは紗弥なんだ。だから紗弥を守れないなら、東郷はいらないと思ってた。だけど、紗弥に東郷の歴史をつなげと言われて、命をかけて守り通す覚悟ができたんだ。もちろん紗弥のこともあきらめない」

正直な胸の内を明かすと、彼女は俺の腕に飛び込んできた。こうして抱きしめられる幸せは、なににも代えがたい。一生紗弥をこの腕に抱いていたいし、彼女が笑顔になれるならどんな努力もいとわない。

「私……」

紗弥は俺の胸に左頬をぴったりとつけたまま話し始めた。彼女がこんなふうに甘えてきたのは記憶になく、たまらなくうれしい。

「退職を迫られた挙げ句、離婚届に署名しろと言われて反発しました。会長が雲の上の存在なのはわかっていますけど、従うもんかって」

「当然だ。権力で押さえつけようとする父がおかしい」

「でも、父やその家族のことを持ち出されて……。先日父と電話で話して、父が私を嫌っていたわけじゃないとわかってうれしかったのに、両親の言い争いの場面が頭から抜けてくれないんです。意見は違っても、ふたりとも私の将来を考えてのことだったとわかって……。だからこそ、どうしても左耳が聞こえていたらと考えてしまうんです」

紗弥の気持ちは痛いほどわかる。

「父にはもう、私のことで苦しんでほしくない。ましてや幸せに暮らしている奥さんや息子さんにまで影響が出たらと怖くて……」

紗弥は優しい。本来なら自分がその幸福を手に入れたかもしれないのに、お父さんの今の生活を妬みもせず守ろうとする。

「俺に幻滅したわけじゃない？」

答えを聞くのが怖い。心臓がバクバクと大きな音を立てているのに気づかれていないか心配になりながら尋ねた。

「幻滅なんて、するわけがありません」

うれしい返事が聞こえてきたとき、彼女を強く抱きしめてしまった。

「文哉さんは私を救ってくれたんです。あの手紙の相手が文哉さんだと知ったときはびっくりしましたけど、実際に会ってお話ししたら、手紙と同じように優しくて頼もしい人だったし、なにより私を否定しなかった」

「否定するところなんて、ひとつもないじゃないか」

「ありがとうございます」

片耳が聞こえないことなんて気にならない。それ以上の魅力が彼女にはある。

不自由するのだって、この世界が多数派である両耳が聞こえる人が暮らしやすいようにできているからであり、彼女のせいじゃない。

困るのであれば別の手段で補ったり、俺が手伝ったりすればいい。当事者の彼女にしてみれば、そんな簡単なことではないのだろうけれど、これからは俺が負い目を感じなくて済むようにしてみせる。

「数日の間に方をつける。もちろん、仕事は続けてほしいし、離婚届なんて持ってこられても破り捨てる。だから、もう少しだけ待ってくれないか」

「……本当に、私が妻でいてもいいんですか？」

「離さないって言っただろ。俺は執念深いんだ。紗弥が逃げても、どこまでも追いかける」

腕の力を緩めると、視線が絡まる。

ずっとこの透き通った目を見ていたい。もう絶対に濁らせない。

「紗弥は、俺が唯一愛したい女なんだ。好きだよ」

改めて気持ちを伝えると彼女は照れくさそうにはにかむ。その姿があまりにもかわいくて、ほとんど衝動的に唇を重ねた。

泣き疲れた紗弥は、俺の腕の中で寝息を立て始めた。俺の存在に安心してくれているのかなと思うと、顔がほころぶ。

彼女に腕枕をしたまま、天井を見て考える。

俺には考えつかないような非情な手段を用いた父と矢島社長、そしてそれに加担した野乃花さんは許さない。世界でもっとも大切な紗弥に手を出した代償は支払ってもらう。そして紗弥の笑顔を取り戻す。

「ん……」

悪い夢でも見ているのか、紗弥が顔をゆがめて小さな声を漏らす。

「大丈夫だ。俺はここにいる」

小声で伝えると、彼女は俺にしがみついてきた。聞こえているようだ。

聞き逃すことがあるのなら、何度でも伝えなければ。

「愛してる。どこにも行かないでくれ」

俺は彼女にささやいたあとベッドを出て、反逆の準備を始めた。

あなたを幸せにします

会長から離婚を迫られて離婚届に署名したとき、頭が真っ白になった。気がつけば、雨が降る歩道をあてもなくふらふらとさまよい歩いていた。

いつもなら、雨の日はいっそう神経を張りめぐらせる。傘に当たる雨粒の音や、車が道路にたまった水をはねる音など、たくさんの音が響いている外では、危険を察知することが難しいからだ。

けれど、今日ばかりはなにも怖くなかった。

このままいなくなってしまいたい。

ずっと誰かに迷惑をかけ続け、好きな人との幸福な生活すら望んではいけないという事実は、私の心をずたずたに引き裂いた。

必死に走ってきたつもりだった。とはいえ、足りないこともあっただろう。誰かに大きなため息をつかせたことだって。父と母も犠牲者だ。

けれど、文哉さんはそんな私をわかっていて丸ごと引き受けてくれた。幸せになりたいという気持ちを抱いてもいいのだと教えてくれた初めての人だった。

そんな彼との別離が悲しくないわけがない。文哉さんに嫌われたのなら、ショックでも受け止められた。でも、脅しに屈するという屈辱的な別れ方では、どうしたら立ち直れるのかわからない。

「邪魔」

追い越していくサラリーマンが、私を一瞥してそう言い残し、足早に去っていく。

「しょうがないじゃない。聞こえないの」

足音も話し声も、どこから飛んでくるのか判別できないうえ、雨音にかき消されてしまう。

こんな言い訳をしたことはなかったけれど、もう限界だった。

どこに行けばいいのかもわからず、ただひたすら歩いていると、突然目の前に人が飛び出してきた。それが文哉さんだったので目を瞠る。

ああ、世界でたったひとり求める人が目の前にいる。その広い胸に飛び込みたい。あなたの腕の中で、思う存分泣き叫びたい。

そんな衝動が走ったものの、一方で理性も働いた。

もう彼にすがってはいけない。私にかかわると、皆不幸になるのだ。せめて父や父の家族は守りたい。それが私にできるたったひとつの罪滅ぼしだから。

激しい葛藤をしていると、文哉さんは私を抱きしめた。

『あきらめるかよ。紗弥を愛してるんだ』という声が聞こえてきたとき、どれだけうれしかったか。そして彼のことは一生忘れられないと確信した。

連れていかれたホテルで、正直にあったことを話した。

会長から父と父の家族について言及されたとき、もう別れるしか方法がないのだと絶望でいっぱいになった。このままでは文哉さんにも迷惑をかけると、苦しかった。けれど、文哉さんがこんなことがあっても強く私を求めてくれるのを知り、未来をあきらめる必要はないのではないかと勇気が湧いてきた。

野乃花さんの件を知っていた彼は、会長から離婚届を書くよう強要されたと知り、激しく憤っていた。

こんな面倒な私を妻にしなくても、彼ならいくらでも素敵な伴侶にめぐり合えるのに。それなのに、『俺を幸せにしてくれる天使』とまで言ってくれる彼に、すべてをゆだねることにした。

翌日。十時からの出勤だった私を、文哉さんは休ませようとした。雨に打たれて体力が消耗しているのに加えて、あんなひどい仕打ちを受けたばかりで、心がすり減っていることに気がついているのだ。

けれど、『会議ですべて終わらせてくる』と意気込む彼に、出勤すると告げた。

催事はただでさえ人手が足りないので、できれば突然休みたくない気持ちがあるのと、家にひとりでいても余計なことを考えてしまうという理由からだ。

それに、まさに今日、勝負をしようとしている夫の近くにいたかった。なにもできないのはわかっている。でも彼は、私との未来のために必死になってくれるのだ。せめて私も近くで祈りたい。

結局、困ったら藍華さんを頼るという条件付きで許してもらえた。

早朝にホテルから帰宅して、すぐさま出勤の支度をする文哉さんは、いつもと違い眼光鋭く物々しい雰囲気を醸し出していた。それは会長や矢島社長たちへの憤りの表れだろう。けれど、「行ってきます」と優しいキスをしてくれたときの彼は、いつもの穏やかな顔だった。

私も彼を守りたい。会長の呪縛から逃れて、のびのびと思うように生きられる人生を、隣で支えたい。

昨日は底まで落ちていた気持ちが完全に浮上した。

これまでの人生、つらいことも悲しいこともたくさんあった。でも、今、私はこうして生きている。丸ごと理解し、愛してくれる人まで現れて幸せだ。

これからもきっと、挫折するだろう。でも、あきらめてはいけない。

その日もせわしなく働いた。フロアに立ち、お客さまの動向に目を向けた。

私が話しかけるのは、明らかに困った様子の人だけ。店員に話しかけられるのを嫌がるお客さまが多いのを知っているからだ。

片耳が聞こえないというハンディキャップは私の人生に暗い影も落としたけれど、困った人によく気がつくように、役立つこともある。そう前向きに考えられるようになった自分が好きだ。

午後になり、藍華さんが出勤してきた。彼女は真っ先に私のところに飛んできて
「大丈夫だった?」と尋ねてくる。

野乃花さんの件は、彼女が真山部長に連絡をして、真山部長から文哉さんに伝わったようだ。

「はい。昨日はありがとうございました」

「お礼を言われることはなにも。少し主人から話を聞いてるんだけど」

そう言った彼女は、私の手を握った。

「心配いらないからね。来栖さんに任せておけば間違いない。昨日主人が電話で話したようだけど、アローフードと手を切る件は間違いなく会議で認められるだろうって。会長のワンマンぶりに気づいている人たちからの来栖さんへの期待が高まっているみたい。帰国して間もないのに、味方がいっぱいいるんだって」

そうだったのか。会社の上層部は会長の息のかかった人ばかりで、真山部長以外、孤立無援ではないかと心配していたのでほっとした。

「そうでしたか」

文哉さんの人格のなせる業だ。彼は誠実でまっすぐで……なにより他人をいたわれる優しい人だから。きっとこの先会社を背負う日が来ても、絶対にやっていける。

会議はすでに始まっているはずだ。気になってそわそわするけれど、文哉さんを信じて待つだけ。

私はそれからも笑顔で接客を続けた。

気がつくとすでに十八時を回っている。藍華さんはひと足先に帰っていったが、何事もなく今日の業務を終了できそうだ。

会議がどうなったのかドキドキしながらバックヤードに下がると、文哉さんが待ち構えていた。

「お疲れ」

「お疲れさまです。あのっ……」

近くに駆け寄り彼を見つめると、優しい笑顔を見せてくれるので、うまくいったのだと察した。

「例の件は、俺の提案が通った。社長と専務が最後まで反対してたけど、特に際立った反対材料もなくてこちらの勝ち」

「よかった」

安心したからか目頭が熱くなる。

昨日は会長の圧力に屈してしまったけれど、文哉さんを信じて任せればよかったのだ。

「紗弥のおかげだ。これからも支えてくれるとうれしいな」

「はい」

彼は私の背に手を回して歩き始めた。

「疲れているところ申し訳ないんだけど、父のほうも方をつけたい。実家に一緒に行ってくれないか?」

か。

「はい、もちろん」

彼が私を今まで実家に連れていかなかったのは、お父さまが私に冷酷な言葉をぶつけるとわかっていたからのようだ。だからまずは文哉さんがひとりで話をして……と段階を踏もうとしたものの、なんの主張も聞いてもらえず物別れになっているのだと

しかし、昨日のことがあって、もう穏便になんとかできる状態ではないと察したのだろう。直接対決して、結婚を認めてもらうつもりに違いない。

「父がまた紗弥にひどい言葉をぶつけるかもしれない。でも、俺は紗弥と別れるつもりはまったくない。信じてくれないか」

「文哉さんのことだけ、信じます」

そう返すと、彼はうれしそうに微笑んだ。

高級住宅街の中でもひときわ大きな来栖家の邸宅は、由緒正しき家柄だと思わせる気品漂う立派な和風建築で圧倒される。

昨日の今日で緊張しないわけがないけれど、不思議と落ち着いていた。それは文哉さんが私の手をしっかり握ってくれているのと、なにがあろうとも絶対にその手を離

さないと覚悟が決まったからだ。

玄関に入ると初老のお手伝いさんが出てきて、文哉さんの姿にハッとした顔をしている。

「父さんに話があるんだけど、いるよね?」

「来客中でして……」

玄関には女性物の草履がそろえて置いてあった。

「誰だろう」

文哉さんがつぶやくと、お手伝いさんが奥にちらりと視線を送ってから口を開く。

「三条さまです」

三条さまって、あの?

文哉さんと私の結婚を認めるよう口添えしてくれると話していたけれど、まさかそのためにわざわざ訪問してくれたのだろうか。

「そう。客間かな?」

文哉さんを見ると、なぜか表情が優しくなっている。

「はい」

「紗弥、行こうか」

「えっ?」

てっきりしばらく待つのかと思いきや、三条さまのところに行くような口ぶりだ。

「客間に行かれるのですか?」

「うん。あとは俺が対処するから大丈夫」

文哉さんはお手伝いさんを説得するように話す。

「それでは、お茶をご用意します」

お手伝いさんは私を不思議そうに見ながらも、奥に入っていった。

「文哉さん?」

「実は三条さまに、昨日電話を入れたんだ。父に会長職から外れてもらうつもりです、と。三条さまは、幼い頃からなにかと力になってくれた。イギリスに発てたのも、真山さんの迫真の演技と、三条さまの助言があったからなんだ。父に『かわいい子には旅をさせなさい』ときっぱり言ってくれた」

そうだったのか。

「幼い頃交わした、東郷を継いで三条さまの思い出の場所を守るという約束を果たすつもりですと伝えたら喜んでくれて。父との間になにがあったか詳しくは聞かれなかったけど、『文哉くんが思うように突き進みなさい』と賛成してくれた」

　以前、とある女性に『文哉くんにずっと続けてほしいな』と言われて継ぐことを決意したと話していたけれど、三条さまのことだったのだ。

　三条さまの文哉さんへの信頼が伝わってくる。

「なにも聞かずに信じてもらえるのって、すごいことだなと思って。責任は重いけど、必ず期待に応えるつもりだ」

　彼の覚悟にうなずいた。私も彼を信じてついていくだけでいい。

　差し出された手を握り、客間に向かう。近くまで行くと話し声が聞こえてきた。障子を一枚隔てただけなので、右耳を向ければ私にも聞き取れる。

「……藤代さんの片耳が聞こえないことに、なんの問題があるのです？　彼女はとびきり優しくて気がつくお嬢さんよ。文哉くんは見る目があるわね」

「しかし、文哉には決まった相手が……」

「会長が決めた相手でしょう？　好いた人がいて幸せなのに引き裂くんですか？　なんの権利があって？　政略結婚を勧めていると聞きましたけど、そんなもの文哉くんの実力があれば必要ないでしょう。文哉くんが中学生の頃から、東郷百貨店のためにいろんなアイデアを考えていたのはご存じ？」

　それを聞いた文哉さんは、どこか照れくさそうに苦笑いしている。

「会長に話しても鼻で笑われるだけだからと、会うたびに私に披露してくれたわ。私の大切な場所を守りたいと何度も言ってくれてうれしかった」

「そんな未熟な案を聞いても……」

会長は私を威圧したときとは違い、弱々しい声で反論している。

「聞こうともしないくせに、あきれるわ」

三条さまの口調がきつくなった。あの柔和な雰囲気からは想像できない。

「会長は、文哉くんを言いなりにさせたいだけ。でも、もうあなたの時代は終わったの。これからは文哉くんが東郷百貨店を盛り立ててくれるはず」

三条さまの言葉に、文哉さんは覚悟の目をしてうなずく。

会長は三条さまには頭が上がらないのか、反論の声は聞こえてこなかった。

「失礼します」

文哉さんは声をかけ、障子を開ける。すると、会長は驚いたように眉を上げ、三条さまはうれしそうに微笑んだ。

「来客中だ」

「あら、ちょうどいいじゃありませんか。文哉くんの話をしていたんですもの」

会長は文哉さんを制するも、三条さまはどこ吹く風だ。

文哉さんは私を促して障子を閉めた。すると三条さまが腰を浮かして「こっちにいらっしゃい」と右側にずれてくれた。私を左端に座らせて右耳で声が拾えるように配慮してくれたのだ。

文哉さんが座布団を出してくれたので、彼は真ん中、そして私は左端と三人並んで、座卓を挟んだ会長と対峙(たいじ)する。

「妻を紹介に参りました。紗弥です」

文哉さんは余裕の様子で、私を紹介してくれた。もちろん、昨日顔を合わせていると知ってのことで、それ以上は言及しない。

「藤代……。いえ来栖紗弥です」

私は文哉さんの妻なのだ。言い直して頭を下げる。

「紗弥に無理やり離婚届を書かせたそうですが」

「なんてことを！」

文哉さんの言葉に即座に反応したのは三条さまだ。

「私には離婚の意思はありませんので、当然署名しません。ここに出していただけますか？　今すぐ破棄します」

文哉さんが淡々と語ると、会長は目を泳がせる。文哉さんにも威圧的だと聞いているけれど、三条さまの前ではそうもいかないのだろう。

「あれは……」

「父さんがアローフードの矢島社長と結託して、娘の野乃花さんまで使い、紗弥を陥れて傷つけたのはわかっています。紗弥がどれだけ苦しんだか。謝っていただけますか？」

まさか、謝罪を要求するとは思わず驚いたけれど、文哉さんの怒りを纏った目が会長を貫いていた。

小さなため息をついた会長は、それから黙り込んでしまった。

「それと、本日は会長に退陣を要求しに参りました。アローフードとの取引に固執するあまり、会社の利益を損ない続けている罪は重い。新しい風を吹かせると豪語しておきながら、この事態。このままでは東郷に新しい風は吹きません」

「取締役でもないお前に、そんなことを言われる筋合いはない」

会長が反論に出たものの、文哉さんは動じない。

「その通りです。ただ、みずから退いてくだされればと思ってご相談しただけです。それでは、正式な手続きを踏みましょう。株主総会で、会長が我が社の不利益になると知っていながらアローフードとの取引を部下に強いてきたことを訴えます。そのうえで株主の皆さまに判断していただきましょう」

文哉さんは三条さまに視線を送って言う。

「アローフードとは長い付き合いだ。業績が芳しくないときも支えてもらった。易々と切れるか！」

「表向きはそうでしょうが、安く買収して子会社化したいだけですよね。そのために、私の結婚まで使おうとした。ですが、もはやアローフードには買う価値すらありません。輸出入にかかわる業界では、近々倒産するだろうと噂されています。矢島社長があれほど野乃花さんと私の結婚にこだわるのは、倒産の危機を感じているからでしょうね」

まさか、そこまで業績が悪化しているとは驚きだ。

「野乃花さんもそれをご存じだ。しかし社長令嬢としてちやほやされてきた彼女は、落ちるのが嫌でたまらない。だから俺と結婚して、今度は社長夫人の座を手に入れようとしているだけ。そんな結婚、断固お断りします」

文哉さんの強い口調から憤りがあふれる。

「か、株は来栖家が四十パーセント以上握っている。そんな簡単には――」

「私の持ち株を文哉に託します」

唐突に障子が開き、小柄で色白の女性が入ってきた。

「母さん……」

文哉さんが驚きの声をあげている。

その場に正座したお母さまは、ぱっちりとした目元が文哉さんにそっくりだ。気持ちを落ち着けるためか、胸に手を置き大きく息を吸い込んでから口を開く。

「私が四十パーセントのうちの十五パーセントほど持っています。あとは――」

「もちろん私は文哉くんの味方よ」

大株主だという三条さまも口を挟む。

「ほかの株主も、私が必ず説得します。業績悪化が懸念されるのに、会長と心中しようとする方がいらっしゃるかどうか」

文哉さんがとどめを刺すと、会長は唇を噛みしめた。

「お前までなにを言いだすんだ」

会長がお母さまに怒りの矛先を向けると、お母さまは顔を引きつらせながらも口を開く。

「私はこの家に嫁いできて子をふたり生み、精いっぱいお仕えしてきたつもりです。でもあなたは、私たちは政略結婚だから当然だと、感謝の言葉ひとつかけてくれませんでした。子供たちにつらくあたるのをやめてほしいとお願いしても、黙れと怒鳴るだけで話を聞こうともしなかった。これが夫婦ですか？」

お母さまの発言を聞いた文哉さんは、驚いたように目を丸くしたが、すぐに表情を緩めた。お母さまは会長に反論できなかったとはいえ、味方だったのだ。

「あなたが子供たちを奴隷のように扱うから、ふたりとも出ていってしまったじゃないですか。かわいいお嫁さんができたのに、会うことすらできない」

『かわいいお嫁さん』と言われ、お母さまは私を受け入れてくれているのだと知った。

「文哉、ごめんなさい。お父さまに怒鳴られるのが怖くて、あなたを守ってあげられなかった。でも、あなたたちも成人して立派に自分の足で歩き始めたわ。もう母親の役割は終えてもいいかしら。来栖家を出ていきます」

「ちょっと待って……」

文哉さんはひどく慌てている。

それは離婚するということ？

お母さまは、文哉さんやお姉さまが巣立つまでと、耐えていたのかもしれない。いつも一方的に怒鳴られていては、夫への愛がなくなるのもうなずける。

「三条さま。我が家のお見苦しいところをお見せして申し訳ございません。ただ、東郷百貨店は文哉が導けば、必ず業績を伸ばします。ですからどうか今後とも東郷をお支えください。実は私も、文哉が様々なアイデアを考えていたのは知っていました。頼もしい子だと誇らしくて……」

「そうね。自慢の息子さんですよ」

三条さまが声をかけると、お母さまは目にうっすらと涙を浮かべる。

「ありがとうございます」

「お客さま、困ります！」

そのとき、どこからかお手伝いさんの大きな声が聞こえて、文哉さんと目を合わせる。男性と会話をしているようだ。私にはなにを言っているのかまでは聞き取れなかったものの、押し問答が続いているのだけはわかった。

「来栖さん、どちらですか？」

そのうちドンドンドンという大きな足音と、会長を探している声が響いてきた。文哉さんが立ち上がり障子を開けると、息が止まった。そこにいたのは愛知にいるはずの父だったからだ。

「紗弥……」

「お父さん、どうして？」

父は私を見てびっくりしているものの、すぐに会長に視線を送り、いきなり土下座した。

「失礼いたします。来栖さんですね。紗弥の父です。お電話を取り次いでいただけないので、無礼を承知で参りました。どうか娘と文哉くんの結婚を認めてください」

「えっ……」

父の発言に目を瞠る。

文哉さんが、会長の脅しについて念のために父の耳にも入れておくと話していたけれど、それで来てくれたのかもしれない。

「紗弥はこの通り、左耳が不自由です。ですが、誰よりも優しくて努力家で、私の自慢の娘です。私の家族に紗弥の存在を話すと脅されたそうですが、ご心配なく。先日、紗弥に結婚を聞いてから息子には打ち明けましたし、今の妻からもいつでも紗弥に遊びに来てもらうようにと言ってもらえています。今日も快く送り出してくれました」

「お父さん……」

声を震わせると、文哉さんがそっと肩を抱いてくれる。

「ごめんな、紗弥。決して紗弥の存在が疎ましいとかそういうことではなかったんだよ。妻は母親の再婚で、名字が変わったときにいじめられたそうなんだ。それで、親の結婚のごたごたで、息子には嫌な思いをさせたくないと――」

「いいの。お父さんと家族が幸せならそれで」

悲痛な面持ちで語る父を遮り、首を横に振る。

たしかに今回は、そこを指摘されて脅された。けれど、再婚であることを息子に打ち明けていなかったからといって、恨む気持ちはまったくない。苦労をかけた父には幸せでいてもらいたいと願っていたのだから。

「ありがとう、紗弥。文哉さんですか？」

次に父は、文哉さんに問いかけた。

「はい」

「紗弥のいいところをわかってくれてありがとう」

父がそう言ったとき、我慢できなくなった感激の涙が頬を伝った。

「来栖さん、どうかふたりを認めてください」

父は会長に向かってもう一度深々と頭を下げる。

つい先日まで嫌われていると思っていたのに、私はこれほど愛されているんだ。

涙が止まらなくなり、くしゃくしゃの顔のまま父の隣に行って、私も同じようにした。

「必ず文哉さんを幸せにします」

文哉さんに頼り通しの私が言うことではないかもしれない。けれど、この気持ちは嘘ではなかった。ふたりで幸福をつかんでみせる。

私に続いて、文哉さんも口を開く。

「妻は紗弥しか考えられません。紗弥は俺の原動力です。彼女がいなければ、俺は日本に戻ってこなかったでしょう。彼女も東郷も必ず守ります」

「……勝手にしろ」

険しい表情の会長は、捨て台詞（ぜりふ）を吐いて出ていった。

「お父さん、わざわざ来てくれたんだね」

「紗弥が困っているんだから当然だ。今まで親らしいことひとつしてやれなくてごめんな」

父の温かい言葉に、涙がとめどなくあふれる。けれど、頬を拭って笑顔を作った。

父の前では笑っていたい。

「いい娘さんですね」

父に声をかけたのは三条さまだ。

「ありがとうございます」

「私は彼女が気に入ってしまって。藤代さ……いえ、紗弥さん。今度文哉くんと一緒にライラックを見にいらっしゃい。縁側でお茶を飲みましょうね」

「はい、必ず。ありがとうございました」

私たちのために、こんなふうに動いてくれる人がいる。なんて幸せなのだろう。

文哉さんと視線を合わせると、彼は優しく微笑んでくれた。


来栖家に乗り込んでから、世界が変わった。

来栖のお母さまから会長の脅迫を平謝りされたものの、お母さまもある意味被害者なのかもしれない。

そのお母さまは宣言通り来栖家を出て、ひとり暮らしを満喫しているのだそう。文哉さんが「意外と強い人だった」と笑っているけれど、文哉さんやお姉さまのために我慢してきたのだろうなと思った。

あの日、父は愛知にとんぼ返りしたが、近々文哉さんと一緒に会いに行く予定だ。

アローフードは、東郷が手を引いたせいで経営がひっ迫しているとか。社員がどんどん辞めていき野乃花さんまで営業に駆り出されているようだが、そもそも腰かけでまともに働いていなかった彼女が戦力になるはずもない。商社界隈では、倒産を迎えかげだ。

る日も近いとささやかれているようだ。

そして会長は、みずから会長職の辞任を申し出た。これも三条さまやお母さまのお

私が署名した離婚届も送られてきて、文哉さんがびりびりに引き裂いた。

あれから約二カ月後の日曜の昼下がり。来週から始まるヨーロッパの文具展のため
に下調べをしていると、文哉さんがソファに座る私の隣に来て甘え声を出す。

「なあ、紗弥。俺も少しは構ってよ」

社長就任がほぼ決定した彼は、仕事では引き締まった凛々しい表情で部下に指示を
出し、率先して動いている。でも、ふたりのときはとろとろに溶けそうなほどに優し
く、こうして甘えてくる素敵な旦那さまだ。

「構ってって……。そろそろお昼ごはん作らないと」

気がつくと、時計は十二時を回っている。

「俺が作るよ」

「ほんとに？」

「紗弥、忙しそうだし」

なんて、仕事量は確実に彼のほうが多いのに。私の要領が悪いだけ。

「ただ、頑張るにはガソリンが必要だろ？」

「ん？」

なにを言っているのかわからず首を傾げると、すっと腰を抱かれて熱い眼差しを注がれるのでたじろぐ。彼は時々とんでもない色気を放つから、ドキドキして心臓が口から飛び出してきそうだ。

「本当は抱きたいけど、昼飯作れなくなるから」

彼はそんなことを言いながら、私の唇を指でなぞる。

抱きたいって……昨晩、一体何回……。

散々啼かされたのを思い出してしまい、頬が赤く染まっていないか心配だ。

「紗弥からキスして」

「わ、私から？」

「そう、私。そうしたら、とびきりおいしいご飯を作るから」

イギリスで自炊していたという彼は、料理上手だ。帰国してからは面倒でほとんど作っていなかったようだが、最近はしばしばキッチンに立ち料理を振る舞ってくれる。

おいしいご飯は魅力的だけれど、自分からキスをするのは恥ずかしすぎる。

ためらっていると、彼は私を引き寄せて右の耳元でささやく。

「欲しいな、紗弥からのキス」

彼の艶やかな声は、私の体温を容易に上げる。

「欲しいな」

甘いため息とともにもう一度そうささやいた彼は、私の耳朶を甘噛みした。すると、昨晩隅々まで愛された体が疼きだすから困ってしまう。

「それとも、キスじゃ足りない？　シたい？」

私の額に額を当てる彼は、冗談を言っているのかと思いきや真剣な顔。

「そ、それはあとで」

私、なんて大胆な発言をしているのだろう。でも、くたくたになっても彼に愛される時間は幸せなのだ。

文哉さんはうれしそうに目を細め、逃がさないとばかりに私の腰をしっかり抱く。

「了解。たっぷりかわいがってあげる。それじゃあ、今は？」

もう一度キスをせがまれて、私は思いきって口づけをした。

軽く触れるだけで離れたのに、後頭部をつかまれてすぐに再び唇が重なる。

「ん……」

あたり前のように入ってきた舌が私のそれを絡めとり、混ざり合う唾液が淫猥な音まで立てる。

濃厚なキスから解放された瞬間大きく息を吸い込むと、笑われてしまった。

「いつまで経っても不器用だな」

「だって。こんなキスするって聞いてない」

照れくささを隠すために不貞腐れて言うと、彼は口を開く。

「それじゃあ、申告しておけばいいんだ」

「……そういう意味じゃなくて」

にやりと不敵な笑みを浮かべる彼は、そんなことはわかっているのだろう。

「今晩、何回する？」

「だから、違いますって」

否定しながらも耳元でささやかれると、体が火照ってくる。彼の愛がたっぷり刻まれたこの体は、甘い声だけで反応するようになってしまったようだ。

音に苦労してきたはずなのに、まさか敏感になるとは意外だった。

「さて。このままでは押し倒しそうだから、食事作るか。なに食べたい？」

押し倒しそうって……。でもたしかに、私も流されそうだ。

「トマトリゾットがいいです」

とろけるチーズがいっぱいのったそれを以前作ってもらったら、お店で出てきそうなおいしさだったのだ。

「了解。紗弥は少し休んでろ。仕事は手伝うから」

彼は立ち上がってキッチンに向かった。

会長が退任し、東郷百貨店も転換期を迎え、私自身少し気負いすぎているところもある。次期社長の妻として失敗は許されない、文哉さんに恥をかかせてはいけないという気持ちが先走り、下準備もいつもよりさらに念入りになる。

「そう、ですね。失敗しても、文哉さんが助けてくれますもんね」

何気なく言うと、彼はハッとした顔で私を見つめる。

なにか間違っただろうか。

「そうだ」

「えっ？」

「それでいい。俺はいつでも紗弥の味方だし、紗弥にも助けてもらうつもりだ。だって俺たち、夫婦だろ？」

そっか。迷惑をかけるかもしれないとか、足を引っ張るとか……私が逆の立場であれば、もしそんなことがあっても絶対に気にならない。一緒に乗り越えようと思うはずだ。

「そうですね。夫婦ですもんね」

「あぁー、もう」

「どうしました？」

なぜか彼が困った顔をして髪に手を入れるので、首をひねる。

「その笑顔、反則。もう昼飯どころじゃない。紗弥を食う」

「えっ……嘘。……んっ」

つかつかと歩み寄ってきた文哉さんは、すっと私の顎を持ち上げてもう一度甘いキスを落とした。

END

あとがき

早いもので、今年五月に商業デビューから十年を迎えました。書籍を出させていただく前にも、様々なサイトで私の作品を読んでくださっていた方もいらっしゃるかと思います。（ありがとうございます！）この作品は、そうした方には少し懐かしく、佐倉らしいなという作品になっていたのではないでしょうか。

あの頃から、ずっと言いたいことは同じ。生まれてきた命に優劣などありません。作中に出てきましたが、世の中、多数派に合わせた社会になっています。もしほとんどの人が片耳難聴であれば、片耳の聴力だけで生活しやすいように技術が発展したでしょう。

私は以前、様々なことに困っている子供たちのサポートをするお手伝いをしていました。ざわついたところでも、自分を呼ぶ声などの必要な音を選択できる力を多くの人が持っていますが、両耳の聴力に問題がなくてもそれが困難な子もいました。視力もそう。検査をすると両目ともに一・五あるのに、左右の目で見た少しずれた情報を統合する機能がうまく働かず物が立体的に見えなかったり、一本の線が二本に見えていたりする子も。でも、一般的な検査では異常なしなので、そういうケースがあると知らないと気づけません。また本人も、ほかの人も同じように見えていると思っているので、皆ができることができない自分はダメな人間なのだと、自己否定するようになります。周囲の理解があるかそうでないかは、その子の人生を豊かにするか否かを決めるほど重要です。

目に見えない困難は、それ以外にもたくさんあります。だからどうか、自分と違う特性を持つ人を非難する方を見かけたら止めてください。全部理解できなくてもいいんです。安易な言葉で傷つけないでほしいのです。彼らは紗弥のように、すごく頑張って多数派に合わせようとしているんですよ。たまたま自分たちが多数派だっただけ。これは、そうしたことで傷ついた、たくさんの子供たちを見てきた私からのお願いです。

もし余裕があれば、そうした体の機能について調べてみてくださいね。

純粋に、人間ってすごいと感動できますよ。

佐倉伊織

佐倉伊織先生への
ファンレターのあて先

〒104-0031
東京都中央区京橋1-3-1
八重洲口大栄ビル7F
スターツ出版株式会社　書籍編集部　気付

佐倉伊織先生

本書へのご意見をお聞かせください

お買い上げいただき、ありがとうございます。
今後の編集の参考にさせていただきますので、
アンケートにお答えいただければ幸いです。

下記URLまたはQRコードから
アンケートページへお入りください。
https://www.berrys-cafe.jp/static/etc/bb

気高き御曹司は新妻を愛し尽くす
～悪いが、君は逃がさない～
【極上スパダリの執着溺愛シリーズ】

2023年10月10日　初版第1刷発行

著　者　佐倉伊織

発行人　菊地修一
デザイン　hive & co.,ltd.
校　正　株式会社文字工房燦光
発行所　スターツ出版株式会社
〒104-0031
東京都中央区京橋1-3-1　八重洲口大栄ビル7F
TEL　出版マーケティンググループ　03-6202-0386
(ご注文等に関するお問い合わせ)
URL　https://starts-pub.jp/
印刷所　大日本印刷株式会社

Printed in Japan

乱丁・落丁などの不良品はお取替えいたします。
上記出版マーケティンググループまでお問い合わせください。
定価はカバーに記載されています。

ISBN 978-4-8137-1487-3　C0193

ベリーズ文庫 2023年10月発売

『気高き御曹司は新妻を愛し尽くす～悪いが、君は逃がさない～【極上スパダリの執着溺愛シリーズ】』 佐倉伊織・著

百貨店で働く紗弥のもとに、海外勤務から帰国した御曹司・文哉が突如上司として現れる。なぜか紗弥のことを良く知っていて、仕事中何度も助けてくれる文哉。ある時、過去の恋愛のトラウマを打ち明けたらいきなりプロポーズされて…!? 「諦めろよ、俺の愛は重いから」――溺愛必至の極上執着ストーリー！

ISBN 978-4-8137-1487-3／定価737円（本体670円＋税10%）

『内緒で三つ子を産んだのに、クールな御曹司の最愛につかまりました【憧れシンデレラシリーズ】』 宝月なごみ・著

真面目な真智は三つ子のシングルマザー。仕事に追われながらも子育てに励んでいた。ある日、3年前に契約結婚を交わした龍一が、海外赴任から帰国すると真智を迎えに来て…!? すれ違いから一方的に彼に別れを告げ、密かに出産した真智。ひとりで育てると決めたのに彼の一途で熱烈な愛に甘く溶かされ…。

ISBN 978-4-8137-1488-0／定価726円（本体660円＋税10%）

『極上御曹司と最愛花嫁の幸せな結婚～余命0年の君を、生涯愛し抜く～』 伊月ジュイ・著

製薬会社で働く星奈は、"患者を救いたい"という強い気持ちを持つ。ある日、社長である祇堂の秘書に抜擢され戸惑うも、彼の敏腕な仕事ぶりに次第に惹かれていく。上司の仮面を外した祇堂は、絶え間ない愛で星奈を包み込んでいくが、実は星奈自身も難病を患っていて――。溺愛溢れる珠玉のラブストーリー！

ISBN 978-4-8137-1489-7／定価748円（本体680円＋税10%）

『孤高のパイロットに純愛を貫かれる熱情婚～20年越しの独占欲が溢れて～』 宇佐木・著

看護師の夏純は、最近わけあって幼馴染のパイロット・蒼生と顔を合わせる機会が多い。密かに恋心を抱いているが、今更関係が進展する様子はなく諦め気味。ところが、ある出来事をきっかけに蒼生の独占欲が爆発！ 「もう理性を抑えられない」――溺愛全開で囲われ、蕩けるほど甘い新婚生活が始まって…!?

ISBN 978-4-8137-1490-3／定価726円（本体660円＋税10%）

『冷徹御曹司は想い続けた傷心部下を激愛で囲って離さない』 彼方紗夜・著

恋人に浮気され傷心中のあさひ。ある日酔っぱらった勢いで「鋼鉄の男」と呼ばれる冷徹上司・凌士に失恋したことを吐露してしまう。一夜の出来事かと思いきや、その日を境に凌士は蕩けるように甘く接してきて…!? 「君が欲しい」――加速する彼の溺愛猛攻と熱を孕んだ独占欲にあさひは身も心も乱されて…。

ISBN 978-4-8137-1491-0／定価726円（本体660円＋税10%）

ベリーズ文庫 2023年10月発売

『もふもふ聖獣と今度こそ幸せになりたいのに、私を殺した王太子が溺愛MAXで迫ってきます』　やきいもほくほく・著

神獣に気に入られた男爵令嬢のフランチェスカは、王太子・レオナルドの婚約者となる。根拠のない噂でいつしか悪女と呼ばれ、ついには彼に殺され人生の幕を閉じた――はずが、気づいたら時間が巻き戻っていた！　今度こそもふもふ聖獣と幸せになりたいのに、なぜか彼女を殺した王太子の溺愛が始まって!?

ISBN 978-4-8137-1492-7／定価726円（本体660円＋税10%）

ベリーズ文庫 2023年11月発売予定

Now Printing

『タイトル未定(外科医×シークレットベビー)【極上スパダリの執着溺愛シリーズ】』 にしのムラサキ・著

使用人の娘・茉由里と大病院の御曹司・宏輝は婚約中。幸せ絶頂の中、彼の政略結婚を望む彼の母に別れを懇願され、茉由里は彼の未来のために姿を消すことを決意。しかしその直後、妊娠が発覚。密かに産み育てていたはずが…。「ずっと君だけを愛してる」――茉由里を探し出した宏輝の猛溺愛が止まらなくて…!?

ISBN 978-4-8137-1499-6／予価660円（本体600円＋税10%）

Now Printing

『旦那さまはエリート警視正』 滝井みらん・著

図書館司書の莉乃は、知人の提案を断れずエリート警視正・柊吾とお見合いすることに。彼も結婚を本気で考えていないと思っていたのに、まさかの契約結婚を提案される！　同居が始まると、紳士だったはずの柊吾が俺様に豹変して…!?　「俺しか見るな」――独占欲全開な彼の猛溺愛に溶かし尽くされ…。

ISBN 978-4-8137-1500-9／予価660円（本体600円＋税10%）

Now Printing

『再恋愛　～元・夫と恋していいですか?～』 高田ちさき・著

IT会社で働くOLの琴葉は、ある日新社長の補佐役に抜擢される。彼女の前に新社長として現れたのは、4年前に離婚した元夫・玲司だった。とある事情から、旧財閥の御曹司の彼に迷惑をかけまいと琴葉は身を引いた。それなのに、「俺の妻は、生涯で君しかいない」と一途すぎる溺愛猛攻がはじまって…!?

ISBN 978-4-8137-1501-6／予価660円（本体600円＋税10%）

Now Printing

『タイトル未定(御曹司×お見合い契約婚)』 吉澤紗矢・著

カフェ店員の花穂は、過去のトラウマが原因で男性が苦手。しかし、父親から見合いを強要され困っていた。断りきれず顔合わせの場に行くと、そこにいたのは常連客である大手企業の御曹司・響一で…!?　彼の提案で偽装結婚することになった花穂。すると、予想外の甘い独占欲に蕩かされる日々が始まって…!?

ISBN 978-4-8137-1502-3／予価660円（本体600円＋税10%）

Now Printing

『運命の恋』 立花実咲・著

失恋から立ち直れずにいた澄香は、花見に参加した帰り道、理想的な紳士と出会う。彼との再会を夢見ていた矢先、勤務する大手商社の御曹司・伊吹から突然プロポーズされて…!?　「君はただ俺に溺れればいい」――理想と違うはずなのに、甘く獰猛な彼からの溺愛必至な猛アプローチに澄香の心は揺れ動き…。

ISBN 978-4-8137-1503-0／予価660円（本体600円＋税10%）

タイトル、価格等は変更になることがございますのでご了承ください。

ベリーズ文庫 2023年11月発売予定

Now Printing

『俺はもうずっと前からキミを見つけていたんだよ』田崎（たさき）くるみ・著

1年前、社長令嬢の菫子は片思いしていた御曹司の隼士と政略結婚をすることに。しかしふたりの関係はいつまでも冷え切ったまま。いつしか菫子は彼の人生を縛り付けたくないと身を引こうと決意し離婚を告げるが…。「君を誰にも渡さない」──なぜか彼の独占欲に火がついて菫子への溺愛猛攻が始まって…!?

ISBN 978-4-8137-1504-7／予価660円（本体600円＋税10%）

タイトル、価格等は変更になることがございますのでご了承ください。